勘違いの工房主《アトリエマイスター》

Kanchigai no
ATELIER MEISTER

英雄パーティの元雑用係が、
実は戦闘以外がSSSランクだった
というよくある話

6

時野洋輔
Tokino Yousuke

ILLUSTRATION
ゾウノセ

ユーリシア
クルトの工房に所属する元王家直属冒険者。冒険者として高い実力を持つ。
クルト・ロックハンス
本人は無自覚だが、戦闘以外の適性ランクが全てSSSという超天才。盗作疑惑の持ち上がったヴィトゥキントの工房に雑用係として潜入することに。
リーゼロッテ・ホムーロス
ホムーロス王国の第三王女。死に至る呪いを治してくれたクルトを慕い、行動を共にするようになる。

登場人物紹介
ヴィトゥキント・アークママ
転移石をはじめとした様々な
魔道具を生み出した功績で、
七ヵ国に工房を持つ工房主。
バンダナ
神出鬼没で意味深な
アドバイスを残す、
クルトのかつての仲間。
マーレフィス
クルトのかつての仲間。
現在は宮廷魔術師ミミコの
下で働かされている。
ヒルデガルド
クルトの幼馴染。
こう見えて1200年生きており、
「老帝」の二つ名を持つ魔王。

プロローグ

諸島都市連盟コスキートのパオス島で開催《かいさい》された武道大会に参加していた僕、クルトが、同じ工房の仲間のリーゼさん、ユーリシアさんと工房に戻ってから一週間が過ぎた。

帰ってきた僕たちを待ち受けていたのは、有角種で僕の幼馴染《おさななじみ》のヒルデガルドちゃん。

彼女は仲間のソルフレアさんと、パオス島で僕たちを色々手伝ってくれたチッチさんと一緒にいたんだけど、なんと僕たちの娘のアクリが、人工精霊だと教えてくれた。

そしてアクリのことを詳しく調べるために、僕たちにとあるお願いをしてきた。

それは、時間を越えて過去のハスト村――僕の故郷に行ってほしいというものだ。

それからヒルデガルドちゃんは、何か急ぎの用事があったらしく、割とすぐに工房を去ったんだけど、あれから何の連絡もない。

時間を越えるっていうのがどういうことなのか、僕にはわからなかった。

今あるシーン山脈のハスト村じゃなく、ハスト村が引っ越し前にあった場所ってことかな？

リーゼさんは太守としての仕事で、そしてユーリシアさんはその護衛ということで、しばらく留守にしているから相談もできない。

一方の僕はと言えば、工房の仕事をしているだけで……僕だけこんな日常でいいのだろうか？なんて思ってしまう。

庭の洗濯物を取り込んでから、近くのベンチに座ってボーっとしていた僕は、そんなことを考えながら呟《つぶや》く。

「このままでいいのかな？」

「……いや、よくないと思うぞ？」

そう言ったのは、さっきやってきて隣に座ったばかりの工房の専属冒険者パーティ「サクラ」の一員、カンスさんだった。

「やっぱりよくありませんよね」

「ああ……俺は練習用の木刀を貸してくれって言ってお前にこいつを渡されたわけだが、なんだ、これは？　軽く素振りしただけで地面が抉《えぐ》れたぞ？」

「え？　普通の木刀ですよ？」

「素材は？」

「ニーチェさんから貰った枝を使っています」

僕がそう言うと、庭を通りかかった緑髪の少女……ニーチェさんが返事をした。

「はい、私の枝を使っております」

彼女は工房の果樹園に住む、緑色の髪に褐色《かっしょく》肌、碧眼《へきがん》の少女だ。

しかし、その正体は、大精霊ドリアードの分身である。

実はパオス島を出る時、ドリアードから、器となっていた大樹の枝を貰《もら》っていた。

言われた通りに工房の果樹園で接《つ》ぎ木したところ、あっという間に成長して、そこから現れたのがニーチェさんだ。

彼女はパオス島のドリアードと繋《つな》がっているらしく、時折ユーリシアさんが、コスキートの重鎮《じゅうちん》であるローレッタ様からの伝言を受け取っている。

そんなニーチェさんを見ながら、カンスさんがため息をつく。

「原因はそれか……接ぎ木したドリアードの枝から作った木刀とか……そんなもん練習用の木刀どころか、一撃でアイアンゴーレムを粉砕《ふんさい》できるぞ」

「アイアンゴーレムを粉砕するだけなら、この物干し竿《ざお》だけでも十分ですよ」

僕は笑って言って、洗濯物を取り込んだあとの物干し竿を振り回して、「えいや」と突く真似をした。

アイアンゴーレムは金属系ゴーレムの中でも脆《もろ》い部類だから、簡単に対処できる。

「アイアンゴーレムを物干し竿でか。本当にそれができるのなら凄《すご》いが……どうだ？　模擬戦でもやってみるか？　もちろん、寸止めでだがな」

カンスさんも別の物干し竿を手に取り、僕に提案した。

模擬戦！

そうだ、武道大会で成長した僕の姿をカンスさんに見せてみよう。

「はい、お願いします！」

僕はそう言って頭を下げた。

――この物語は、武道大会に出場し、半人前ながらも戦士となった少年の物語だ。

「では、立会人は私がさせていただきます」

僕とカンスさんが物干し竿を構え、ニーチェさんがそう言った直後、僕は動いた。

試合では二種類の戦い方がある。

じっくりと相手の出方を見るのが一つ。

そしてもう一つは先手必勝、試合開始と同時に動く方法だ。

僕は武道大会では、先手必勝で動いてきたから、今回も同じように動く。

「えーいっ！」

物干し竿による、僕の突き。

しかしカンスさんは、それを呆《あき》れた様子で見ていた。

僕もやってしまったと思う。

だって、物干し竿は勢い余って僕の手から離れ、カンスさんに当たるならまだしも、あらぬ方向に飛んで行ったのだから。

「あ、しまった！　誰《だれ》かに当たったら大変だ！　すみません、急いで取りにいってきます！」

僕はカンスさんとニーチェさんに頭を下げ、物干し竿の飛んで行った方向に走った。

◇◆◇◆◇

「ミミコがこっちに来るのも久しぶりだな。アクリも喜ぶよ」

「ユーリシアちゃんにそう言ってもらえると嬉《うれ》しいわ。私もアクリちゃんに会いたかったし」

私――ユーリシアは王都からミミコを連れてヴァルハの工房に戻ってきた。

ミミコは第三席宮廷魔術師。今は諸事情でリクルトの学校で教師をしているんだが、私とリーゼがコスキートでの出来事を報告しに行くタイミングで王都へ戻っていて、今回私が工房に戻るのに付いてきた形だ。

今回何かと役に立った諜報《ちょうほう》部隊ファントムのトップでもある彼女は、本当は私たちが帰ってきたその日にも話を聞きたかったそうだ。ただ、私とリーゼがずっと王宮に拘束されていたせいで、そうもいかなかった。

そんなわけで、合流してからここまでの道中、コスキートで起こった出来事を根掘り葉掘り聞かれたのだった。

私は工房が見えてきたことに安堵《あんど》しながらため息をつく。

「それにしても、リーゼの奴が三日もクルトに会いに戻らないなんて、頑張るよな。てっきり毎日城を抜け出しては工房に来ると思っていたんだが」

「ユーリシアちゃん、リーゼロッテ様に対して馴れ馴れしすぎるんじゃない？　一国の王女なのよ」

「ミミコにしてはまともなことを言うな。リーゼがクルト離れしていることといい、こりゃ槍《やり》でも降るんじゃないか？」

私が軽い口調で言うと、ミミコは空を見上げた。

「物干し竿なら降ってくるみたいよ？」

「え？」

ミミコの言葉に反応して空を見上げた直後、私の少し手前に一本の棒――物干し竿が落ちてきて、私の前に突き刺さった。

なんで物干し竿？

どうも工房の方から飛んできたみたいだけど。

私が物干し竿を持って首を傾《かし》げていると、家事中だったのかエプロンをつけたクルトが走ってきた。

「すみませーん！　怪我はなかったですか？」

「クルト、これ、お前が投げたのか？」

「はい。果樹園でカンスさんと物干し竿で模擬戦をしてたら、手からすっぽ抜けて。あ、ミミコさん、いらっしゃいませ。すみません、こんな格好で」

「ううん、似合ってるよ、クルトちゃん」

たしかに似合っていた。クルトの奴、エプロン姿にますます磨きがかかってるな。

その時、ポツリと雨が降ってきた。

「あ！　洗濯物、カゴに入れたままだ！　すみません、失礼します」

クルトはそう言うと、物干し竿を持って戻っていく。

「慌ただしい奴だな。もっと落ち着けば、戦闘でも力を発揮《はっき》できるはずなんだが」

「ねぇ、ユーリシアちゃん。果樹園からここまでってどのくらい距離がるの？」

「ん？　三百メートルくらいじゃ……あ」

世の中には、竿ではないが、槍を投げる戦術は存在する。

ホムーロス王国で一番の槍の名手といえば、王国遠征部隊第一将軍のサンノバ・リストカッツだろう。馬術と槍術にかけては右に出る者がおらず、また馬上から槍を投げて、五十メートル先の敵国の指揮官の心臓に突き刺したという逸話は、王国の兵の中でも知らない者は少ない。

だが、そんな彼でも百メートルも槍を投げることはできないだろう。

「相変わらずクルトの奴、能力がちぐはぐ過ぎるな」

しかし、クルトの戦闘能力が皆無《かいむ》と呼ばれるのも今日までだ。

なにしろ、こっちにはミミコが作った秘密兵器があるのだから。

雨が本降りになりそうなので、私とミミコも急いで工房に戻ることにした。

私とミミコが工房に到着してしばらくして、クルトが私の部屋にやってきた。洗い終えていたものの、私の部屋には勝手に入れないからとため込んでいた洗濯物を持って来てくれたのだ。どうやらお昼寝の時間が終わったらしいアクリも一緒だ。

「おいで、アクリ」

私がそう言うと、アクリが転移して私に抱き着いてきた。

「よかったね、アクリ」

クルトはそう言って、洗濯物を私のタンスの中にしまっていく。

もちろん、下着は自分で洗っているのでこの中に含まれていない。下着だけは自分で洗っている。それが私の望みであり、クルトの望みでもあった。

しまい終えたのを確認して、部屋のソファでくつろいでいたミミコが、例の物を取り出した。

「これはクルトちゃんのために作った新しい武器なの」

そう言ってミミコがクルトに渡したのは、先端が筒のようになっている魔道具だった。

「新しい武器ですか？　僕のために？」

「そう。クルトちゃん、剣も槍も斧《おの》も弓矢も棒も拳《こぶし》も杖《つえ》も、全部適性Gランクでしょ？　だから、全く新しい武器なら使えるんじゃないかって思って」

「ミミコさん、僕のためにそんなに考えてくれていたんですね」

クルトが感動で震えている。

「パパ、ないてるの？　ミミコおねえちゃん、パパをいじめたの？」

「違うよ、アクリ。僕は嬉しいんだよ……ありがとうございます、ミミコさん。それで、これってどうやって使うんですか？　見たところ、魔力を筒《つつ》の中から打ち出す道具みたいですけど」

「クルトちゃん、見ただけでそれがわかるんだ。うん、これは魔力を込めて放つ、魔力銃《まりょくじゅう》ってものなの。クルトちゃん、魔法を使えないだけで、魔力は人並み以上にあるでしょ？」

「え？　そうなんですか？」

クルトは目を丸くしているが、相変わらず無自覚だな。

こいつ一人の魔力で、ドリアードの元となる大樹を育て上げたというのに、まだ自分の凄さを理解していないのか。

まぁ、理解してしまったら昏睡《こんすい》状態になって記憶を失うのだけど。

「そうなの。この魔力銃は使用者の魔力を使って、疑似的に魔法を使えるものなんだ。生憎《あいにく》の天気だけど、外で試し撃ちしてもらってもいい？」

「はい、構いませんよ」

私たちは工房の裏庭に移動した。雨が降っているので、アクリには猫をモチーフにしたレインコートを着させている。

裏庭で待っていたのは、「サクラ」の一員であるダンゾウと、布で覆われた荷物だった。

「ダンゾウちゃん、お仕事お疲れ様。例のもの、問題はない？」

「もちろんでござる」

ダンゾウはそう言うと、布を取っ払った。

そこにいたのは、簀《す》巻《ま》きにされた――

「ゴブリン⁉」

そう、ゴブリンだった。

ミミコの奴、ダンゾウにゴブリンの捕獲《ほかく》を依頼していたようだ。

『グギャグギャ！』

口をふさがれていないゴブリンは必死に暴れているが、しかし解放されることはない。

「じゃあクルトちゃん、早速ゴブリン退治をしてみようか。この引き金を引くだけでいいから」

「ま、待ってください、ミミコさん。いくらなんでも、いきなりゴブリンを相手にするだなんて」

相変わらず、クルトのゴブリンに対する苦手意識は半端ないな。

まぁ、子供の頃からゴブリンにはいろいろと苦汁《くじゅう》を飲まされているそうだから仕方がない。

それに、ゴブリンが苦手なのはクルトだけじゃない。

なんとか捕獲に成功したようだが、ダンゾウのゴブリンを見る目は普通の冒険者とは違うものがある。前に「サクラ」とクルトを助けに向かったことがあるんだけど、その時はかなりの数のゴブリンに囲まれて絶体絶命だったから、ちょっとした苦手意識があるんだろう。

そんなクルトやダンゾウの様子を気にすることもなく、ミミコは口を開く。

「安心して、あのロープは千切れないから。クルトちゃんは緊張して変なところに攻撃する癖《くせ》があるみたいだけど、まず、このスコープ——ガラスの筒を覗《のぞ》いて、ゴブリンを捉えたらこのボタンを押すの。そしたら、自動追跡装置が作動して、ターゲットと弾道の角度の誤差が上下左右十三度未満なら、自動追尾するようにできてるから」

「うっ……わかりました」

簀巻きにされているので襲われることはない。

それを理解したクルトは、緊張しながらもミミコに言われた通りにゴブリンに魔力銃を向けた。

「うん、じゃああとは引き金を引いて」

「わかりました」

『最弱の冒険者クルトV.S.簀巻きにされたゴブリン』という、武道大会でも存在しなかった勝負の火《ひ》蓋《ぶた》が今、切られようとしていた。

クルトが息を呑《の》み、そして引き金を引くと、光の玉が魔力銃から発射された。

……発射され……た？

「かわいいの！」

アクリが嬉しそうに言った。

銃口から飛び出したのは、シャボン玉みたいな光の玉。それがふわふわと、ゴブリンに向かっていく。

アクリは喜んでいたが、私とミミコは意味がわからなかった。

しかし、魔力はしっかりとゴブリンを捉えて飛んでいき、その顔に近付き——

『フッ』

ゴブリンの息によって吹き消された。

って蝋燭《ろうそく》の火かっ！

「そんな……理論上、クルトちゃんの魔力量なら一瞬でゴブリンを破壊できるはずなのに」

「やっぱり僕には無理ですよ。いくらミミコさんの道具が凄くても、ゴブリンを退治するなんて」

クルトはそう言うけれど、私は気になったことがあった。

「クルト、その魔力銃、ちょっと貸してくれる？」

「はい、どうぞ」

さて、ミミコの理論が正しければ、この魔力銃の中にはクルトの魔力が、それこそゴブリンを一瞬で破壊できるような魔力が充填《じゅうてん》されている。

しかし、先ほど放たれたのは、ゴブリンどころかスライムすら倒せなさそうな光の玉だった。

なら、この魔力銃には、使われなかった魔力が残っているのではないだろうか？

私は試しに、空に向かって魔力銃の引き金を引いた。

そして——頭上の雨雲に巨大な穴が空き、太陽の光が差し込んできた。

「晴れたの！」

アクリが喜んで駆け寄ってきたが、私は喜べそうにない。

私はクルトにアクリを預け、ミミコと密談を開始する。

「ミミコ、わかっていると思うが——」

「もちろん、このことは報告できないわ。魔力銃の想定最大出力の千倍くらいの威力だもの。こんなの世間に知られたら、クルトちゃん、魔力銃の充填係として兵器生産工場の歯車になっちゃうわ。クルトちゃん以外の誰が引き金を引いても同じ威力になるのならなおさら」

「クルト以外……か」

私はそう言うと、魔力銃を持ってクルトに近付いた。

「クルト。さっきの要領で、今度は私のように空に向かって魔力銃を使ってみて」

「わかりました」

クルトはそう言ってアクリを私に預けると、空に向かって魔法を放った。

すると、先ほどよりもさらに高出力となった光の線が飛んでいった。

「あ、できました！　ユーリシアさんのアドバイスのお陰です。これでゴブリンも倒せますね。空に向かって放ってから、軌道修正をしてゴブリンに当てればいいんですから」

「まって、クルトちゃん。自動追跡ができる角度は十三度未満。空に向かって放っても自動追跡できないよ」

「そうですね。ちょっと改造させてもらいます」

クルトはそう言うと、鞄《かばん》の中の工具箱を取り出してなにか細工をした。

「これでどこに放っても自動追跡できるようになりました」

「え？　うそ、この一瞬で？」

「はい、ではいきます！」

クルトはゴブリンに標的を合わせたあと、空に向かって魔力銃を放った。

クルトの言う通り、その攻撃は空中で急激に角度を変え、ゴブリンに向かって飛んでいく。

『ふっ』

そしてその攻撃――光の玉はゴブリンの息によって吹き消された。

クルト決死の試合は、近年まれにみるドタバタ劇で幕を閉じるのだった。


×この物語は、武道大会に出場し、半人前ながらも戦士となった少年の物語だ。
○この物語は、武道大会に出場しても何も変わっていない奇想天外な少年の物語だ。

第1話　遺跡の調査

私、リーゼロッテ・ホムーロスはもう辟易《へきえき》していました。

王宮に呼ばれて以来、コスキートで起こった出来事を一から十まで（クルト様の力のことを極力隠し）報告したのは、これで何度目でしたでしょうか。

時と場合によっては戦争の兵器となりうる大精霊ドリアード、その召喚に成功した今回の事件を放っておけないのは十分に理解しています。ですが、しかし、クルト様やアクリとの大切な時間をこうして何日も奪われるのは困りものです。

クルト様から預かったこのハンカチがなければ、私はもう意識を失っていたかもしれません。

私が王宮に出向く日、クルト様がこのハンカチを私に下さった時のことは今でも忘れられません。

『あ、リーゼさん。ハンカチを忘れたんですか？　よかったら僕のを使ってください』

そう言って渡してくださったこのハンカチには、クルト様の優しさが詰まっています。

ハンカチを大事に抱え、側仕えと共に王宮の廊下《ろうか》歩いていると、反対方向から見知った顔の女性たちが歩いてきました。

すれ違う前に、私は頭を下げます。

「御無沙汰《ごぶさた》しております、イザドーラお義母様《かあさま》。イザベラは元気にされていますか？」

「お久しぶりね、リーゼロッテ。ええ。イザベラは元気にしているそうよ」

「それはなによりです。私の大切な妹ですから」

「用事はそれだけかしら？　それでは失礼しますね」

私の前で立ち止まっていたイザドーラ義母様は、こちらの返事を待たずに歩み去りました。

私に背を向けた後、イザドーラ義母様が浮かべた怨嗟《えんさ》に満ちた表情は、昔の私なら恐怖したでしょうね。

なぜ、歩み去っていくイザドーラ義母様の顔を、私は見ることができたのか？

それは、イザドーラ義母様と話していた私は、クルト様からいただいた魔法剣、胡蝶《こちょう》によって作り出された幻影で、本物の私は少し離れたところを歩いていたからです。

どうも最近、イザドーラ義母様の様子がおかしいという話をミミコ様から聞いていた私は、彼女と直接顔を合わせないよう、蜂合《はちあ》わせる可能性がある場所では、幻影に少し前を歩かせるようにしていました。

イザドーラ義母様だけでなく、側仕えや護衛の兵すらも欺《あざむ》くことができるこの胡蝶の力は、さすがクルト様としか言いようがありませんわね。

私は胡蝶の幻影と重なるように移動してから、そして幻影を解除します。

「どうせ恨みを買うのなら、第三王女の座をイザベラに明け渡してもよろしいのですけどね」

私が思ったことを口に出すと、側仕えが周囲を見回し、小声で私を窘《たしな》めてきました。

「リーゼロッテ殿下。誰かの耳に入ったら一大事です。あなたは王国と帝国の血を継ぐお方、両国における平和の象徴なのですから。それに、イザドーラ様に実権を持たせられないのは殿下もご存知でしょう」

「そうでしたわね」

イザドーラ・アークママ。

この名前は本来妙なものです。

なぜなら、彼女は王家に嫁いできた女性であって、イザドーラ・ホムーロスと名乗るべきだからです。

しかし、それを許さなかったのは元老院です。王家の古いしきたり、伝統、その他様々な理屈をこね、彼女を王族にすることを許しませんでした。

一番の理由は、彼女が流浪《るろう》の民の出身だからでしょう。

流浪の民――自らの国を持たず、家も持たず、地位も身分も持たない。ただ、風のように旅をし、町から町、国から国へと移動する民のことです。本来、流浪の民は国家というシステムとは相容《あいい》れない存在。流浪の民という民族は存在せず、他国の諜報員であると言う有識者すらいます。

そんな民族の人間が王族の正式な一員になることに、元老院は納得できなかったのでしょう。

しかし、彼女が嫁いでくることを認めないわけにはいきませんでした。

なぜなら、彼女の弟——ヴィトゥキント・アークママは、王国、帝国を含めた七つの大国に認められ、それぞれに工房を持つ工房主《アトリエマイスター》なのですから。

彼の発明した魔道具は数多く、その中には、転移石、転移結晶、転移盤《てんいばん》の三つがあります。

転移石に触れるとその転移石の情報が触れた者の体に記憶され、転移結晶を使うことで触れたことがある転移石から転移石に瞬時に移動することができるようになります。そして転移盤は、その転移石の機能を無くすことができる魔道具です。

転移石の存在はとても重要で、それがあるかないかだけで戦争の勝敗を左右しかねません。

そんな魔道具の製法を知るのは、ヴィトゥキントのみ。

結果、七ヵ国はヴィトゥキントから自身を工房主《アトリエマイスター》として認め、さらに彼の六人の姉と母に、国内の重要な地位を与えるよう求められました。アークママ家の次女であった義母様も含めて。

このホムーロス王国においても、国王陛下も元老院も、誰もが頭を悩ませたことでしょう。

ヴィトゥキントの思惑《おもわく》は分かりませんが、受け入れないわけにはいかず、かといって国の運営に携わる地位を与えることはできない。

結果、義母様は王族ではない第三王妃という矛盾《むじゅん》する立場に収まりました。

その立場を利用して好き放題しているようですが、人間の欲望は尽きないもので、自分の子供を王族にしようと必死のようです。

そんなこともあり、かつては私に呪術《じゅじゅつ》を掛けたのではないかと勘繰ったものです。

私に呪術を掛けさせたのは、トリスタン・メーノルフ司教でした。ただ、その司教に、ポラン教徒でもないイザドーラ義母様が寄進をしていたということもわかっています。

しかしそんな闇《やみ》の深そうなイザドーラ義母様のことを、私が内心でも「義母様」などと尊敬しているように言うには理由があります。

だって、私にとって彼女はある意味希望なのですから。

たとえ流浪の民であっても、理由さえあれば王族と結婚できる。

つまり、王族である私も、クルト様と結婚できるということに他なりません。

「今すぐ帰ります！　待っていてください！」

「帰らないでください、リーゼロッテ様！　まだ公務が残っています！　あとここがリーゼロッテ様の家です！」

側仕えが私を止めようとしましたが、そんなことで私の愛は止まりません！

◇　◆　◇　◆　◇

クルトの魔力銃での訓練は、私、ユーリシアの目の前で失敗に終わった。

目隠しをしても反対方向に向けて打っても何をしても、ゴブリンに向かっていく攻撃は攻撃力皆無の光の玉になるのだ。

もしかしたら魔力銃に欠陥があるのではないかと、ミミコが試しにゴブリンに向かって魔力銃で魔力を放ってみたところ、ゴブリンは見るも無残な姿に変わってしまった。

そんなわけで今、私とミミコは工房のお風呂《ふろ》に入っていた。

「まぁ、魔力銃の改良方法がわかっただけでも良しとしようかな」

ミミコが頭の上にタオルを載《の》せながら湯に浸かった。

「ふぅ……学校にあるシャワーも便利だけど、やっぱりお風呂が一番ね。私も学校からこっちに引っ越しちゃおうかな」

「学校と工房の二者択一にしてるようだが、お前の本来の家は王都だろ？　ミミコカフェはどうするんだよ」

「あぁ、あれならオフィリアちゃんのところのミシェルちゃんが働いてくれてるから大丈夫だよ。さすがはオフィリアちゃんが仕込んだエルフ、薬や魔道具作成なら十分任せられるよ。台所は見るも無残な姿になってるけど」

「……憐《あわ》れなエルフだな」

私はそう言いながら湯に浸かる。

すると、ミミコが私の一点をじっと見てきた。

その視線には心当たりがある。

リーゼと一緒に風呂に入ってきた時もいつも感じていたから。

「ユーリシアちゃん、また大きくなったよね」

ミミコがズバリ言ってくる。

たしかに少し大きくなっていると思う。男装した時、包帯でずっと押さえていたせいだろうか？

その反動により、武道大会の間に二センチ程大きくなっていた。

しかし、これ以上大きくなると、戦いにも影響が出るだろうから本当は勘弁してほしい。

クルトに頼んで、豊胸剤ならぬ制胸剤を作ってもらいたいくらいだ。

まぁ、そんなことをミミコに言えるはずもない。

まだ十五歳で将来に可能性があるリーゼならまだしも、こいつの体がこれ以上成長するとは思えないからな。

「なにか失礼なこと考えてるでしょ」

「別に」

「嘘《うそ》だよね」

ミミコはそう言うと、湯の中に沈み、私の背後に回り込んで抱き着いてきた。

「ええい、こうしてやる！」

「やめろ、ミミコ！　ちょ、そこは――」

「うりうり、ほら、私をクルトちゃんだと思って」

「リーゼじゃないんだ。そんなの思えるかっ！」

だいたい、クルトならもっと優しくしてくれる！

って、それだと私がいつも変なことを考えているみたいじゃないか。

色ボケ王女リーゼじゃあるまいし。

「しつこい、今度はこっちの番……あ」

振り向いてミミコの胸を鷲掴《わしづか》みにしようとして、手が空を切った。

「…………」

「…………」

沈黙が場を支配する。

悪気はなかったんだが。

「あ……あぁ、それで、魔力銃の力が働かない原因は、やっぱりクルトの呪いだろうか？」

私は白々《しらじら》しく話題を切り替える。

クルトの呪い。

これは私が勝手に呼んでいた名称だが、今では私、ミミコ、オフィリアさんの間に浸透している。

クルトは力もあり魔力もあり、さらにはゴーレムやトレント相手には戦闘能力だってある。

そんなあいつが、それ以外の魔物や人間と戦う時は、人並み以下どころか赤子並みの力しか発揮できないのは正直言ってあり得ない。

私たちは、なにかの呪いではないかと見ている。

たぶん、魔物に対して攻撃をした時、ではなくクルトが攻撃だと認識した時に失敗するのだろう。

タイコーン辺境伯の領主町で弓矢の射的ゲームをした時も、矢が飛ばなかったって言っていたし。

「……はぁ。まぁ、そうとしか思えないかな。でも、まさか本人の体だけじゃなく魔力銃にまで影響が出るなんてね」

「子供の頃、ゴブリンシャーマンに何度か呪いを受けたことがあるって言っていたけど、それじゃないよな？」

「まさか。ゴブリンシャーマンの呪いなんて、せいぜいお腹を壊す程度でしょ？　クルトちゃんもおかゆを作ってもらって治したって言ってたし」

そのおかゆで、リーゼにかかった呪いを治したこともあるからな。

たしかにゴブリンシャーマン程度の呪いなら、クルトの普段の食事で解呪できているはずだ。

逆に言えば、本当に呪いがかかっているとすれば、クルトでも治せない呪いということになる。

そんなの、私の手に負える問題じゃない。

治療できる可能性があるとすれば、ハスト村の住民たちくらいか。

「そういえば、ミミコ。お前、魔力銃の試射だけのためにここに来たわけじゃないよな？」

「うん。今日はクルトちゃんに仕事をお願いしようと思ってきたのよ。正確には、工房主《アトリエマイスター》としてのお仕事ね」

「工房主《アトリエマイスター》としての仕事？」

「遺跡の調査よ。ラピタル文明の遺跡――前にユーリシアちゃんも上級悪魔と戦ったことがあるでしょ？」

あぁ、あそこね。

この町から西に行った、森の中にある遺跡のことだ。

魔領から近く、最近まで発見されなかったんだよな。

「でも、なんでクルトなんだ？」

「あれ？　知らなかった？　クルトちゃんは解読適性もＳＳＳランクなの。古代文字とかパパっと読めるでしょ？」

「マジか……いや、まぁクルトだしな」

しかし、遺跡の調査か。

さすがにそんな場所だと、私も護衛としてついていかないといけないよな。

となると、問題はアクリか。

武道大会から帰ってきた日、ずっと一緒だからって約束しちゃったし、連れて行ったほうがいいかな？

「アクリも連れて行っていいか？」

「いいんじゃない？　今回は私も一緒に行くつもりだから、危険はないでしょ。むしろ万が一にも遺跡が崩れて生き埋めになりそうになったら、あの子の転移は便利でしょ？　それに、アクリちゃんのこともちょっと気になるし」

「そんなに危険ならアクリは連れて行きたくないんだが。って、ミミコも来るのか？」

アクリが時と空間を操る人工大精霊であるらしいということはミミコにも伝えている。

ミミコなりにその目で確かめたいことがあるのだろう。

しかし、そうなると親子三人水入らずのピクニック――というわけにはいかなそうだ。


そういうことで、翌日、私たちはヴァルハの西にある遺跡に向かうことになった。

目的地までは馬車での移動だ。

「みんなでピクニックなの」

アクリが嬉しそうに言った。

一応仕事なんだけど、まぁ危険はないって話だし、あの遺跡なら日帰りでも十分行って帰ることができる。日帰り旅行気分でも悪くないだろう。

クルトも朝からお弁当を楽しそうに作っていたからなおさらだ。

「……しかし、なんで私が御者《ぎょしゃ》なんだよ」

馬車の中はクルト、アクリ、ミミコ、そしてリーゼがいた。

リーゼの奴、出発時刻ギリギリに帰ってきやがったのだ。

おそらく、ファントムに私たちの動きを見張らせていたんだろうな。

「仕方ありませんわ。中は四人しか座れませんもの。それに、護衛なら外というのが普通ですわ」

「アクリは膝《ひざ》の上に乗せたらいいだろ。あと、一応私、女準男爵《おんなじゅんだんしゃく》なんだけどな」

貴族が自分で馬車を操るなんて普通ありえないぞ。

まぁ、普通じゃないのは重々承知している。それに、この中で馬車の操縦に長《た》けているのは私だし。

それでも、どうせなら、私たちのあとをこっそり尾行しているファントムの誰かに御者をさせればいいと思うんだが。

あいつらこそ本当の意味で護衛だろ？

私がため息をついていると、ミミコに渡された調査概要《がいよう》の書類を手に、クルトが口を開く。

「すみません、ユーリシアさん。本当は僕が馬車を操るべきなんでしょうけど」

「いいのですよ、クルト様。こうして書類を確認するのも大切なお仕事です」

「あの、リーゼさん。そんなにくっつかれたら書類が捲《めく》れません」

イライラしてくる。

本当はさっさと遺跡に行きたいんだけど、これ以上スピードを上げると、こっそり付いてきているファントムに迷惑をかけるからな。

「ユーリママ？」

「うわ、アクリ。無暗に転移したらダメだって言っただろ？」

アクリがいつの間にか私の膝の上に座っていた。

「ユーリママ、ひとりでさみしそうだからきたの」

「そうか。アクリはやさしいな」

さっきまでのイライラが一瞬でなくなった。

まるで転移魔法で飛んでいったみたいだ。

「アクリはすごいな」

「うん、アクリ、すごいの！」

「よし、じゃあ一緒に行こうな！」

私はそう言って、馬車の手綱《たづな》を強く握った。

◇◆◇◆◇

「わぁ、ここがラピタル遺跡なんですね」

クルトが遺跡の入り口を見てそう言った。

「あれ？　クルト、お前も来ただろ？」

「はい。でも、正面から入るのは初めてなので」

あぁ、そうだった。

クルトが以前来た時は、工房から直接穴を掘ってやってきたんだった。

工房からここまで十キロはあるというのに。

いったいどうやったらそんなことが可能なのか、一緒にいたリーゼに聞いたことがあるが、

『凄かったです……とにかく凄かったです』

と、語彙力《ごいりょく》が怪しくなるくらいに凄かったということしかわからなかった。

要するに、何が起こっているかわからないぐらいの速度で穴ができていくのだそうだ。掘った土はどこに消えたのか、リーゼにもわからなかったらしい。

しかも、戻る時に同じ速度で穴を塞《ふさ》いでいったのだから恐ろしい。


「中も広いの！」

アクリが遺跡の中を走り回る。

「綺麗《きれい》な遺跡ですね。つい最近スケルトンが暴れたとは思えません。古代文明の叡智《えいち》を感じます」

リーゼも前回はゆっくりと遺跡を見ている暇はなかったようで、感慨深げに周囲を見回した。

「天井付近の明かり取りの配置のお陰で、外と変わらないくらいに明るいみたいですね」

クルトが当然のように中が明るい理由を告げた。

ああ、言われてみればたしかに明るい。古代ラピタル人の建築技術は現代のそれにも匹敵するのかね。調査の報告書に書かせておかないと。クルトのことだから、この建築術もよくある話で済ませてしまうかもしれない。

その後、私たちは遺跡の中を調べた。

もっとも、遺跡はすでに調べ尽くされたあとなので、新しい発見などそうそうあるわけが――

「ここに隠し部屋がありますね」

クルトがそう言って、地下に続く隠し階段を見つけた。

地下といっても、階段の下は倉庫のようで、あるのは一部屋だけだ。

「あら、宝物庫のようですわね。さすがクルト様です。これでクルト様も大金持ちですね！」

「え？　でも中にあるのはミスリルで作った金属細工ばかりでしたから、古代のアトリエだったんだと思います。歴史的な価値はあっても、金銭的な価値があるとは思えません」

……古代のミスリル細工……埋蔵金《まいぞうきん》ってレベルじゃないんだが。

一個一個が金貨数百枚から数千枚で取引される一級品だ。

「それに、ミミコさんからもらった書類に、遺跡で見つかった品は国庫に納めるという決まりがありましたから。価値があっても僕たちのものじゃありませんよ」

「クルトちゃんの言う通りよ。古代ラピタル文明の調度品は過去に古代人が滅んだ原因を知るのにとても重要なものなんだから」

そうだよな。

クルトの周りにいるのが、私たちでよかった。

私たちが欲深い人間だったら、ミスリル細工に頼らなくても、クルトにちょっとお願いするだけで大金を得る手段なんて山のようにある。それをしないのは、ひとえにクルトのことを大切に思っているからだ。

「……でも、ちょっとだけならもらってもわからないんじゃない？　一人一個とか」

「おい！」

私はミミコの頭にチョップを入れた。

アクリが見ている前で泥棒《どろぼう》のお誘いなんかするんじゃない。

今の聞いていなかったよな？

アクリの方を見ると、彼女はじっと壁を見ていた。

よかった、ミミコの戯言《ざれごと》は耳に入っていないようだ。

ってあれ？　アクリの奴、そういえば何を見ているんだ？

小さな子供が何もないところをじっと見ていると、そこには幽霊《ゆうれい》がいるって聞いたことがある。

まさか――

「ん？　どうしたの、アクリ」

クルトが尋ねた。

「ここ――」

アクリが何もない壁を指さした。

やっぱり――幽霊がいるのかっ!?

「別の部屋があるの」

「ああ、うん。こっちにも部屋があるみたいだね。でも、こっちは調査済みっぽいから別にいいかな?」

そうか、別の部屋があることに気付いたのか。

アクリは転移魔法が使えるから空間の把握《はあく》能力が普通の人よりも優れているのかもしれないな。考えてみれば、転移した先が壁とか土の中だったら大惨事に繋がる。少なくとも転移できる空間があるということくらいは把握できるのだろう。

「え? 過去の調査団からは、この隣にも隠し部屋があるなんて報告は受けていないよ?」

ミミコがそんなことを言い出した。

でも、クルトはすでに調査されているって言ったよな?

なんだ、この矛盾は。

私たちは、クルトとアクリが「ある」と断言した別の部屋に向かった。

クルトの案内で一度階段を上がり、隠されていない下り階段を降りる。

そこは、かつてマーレフィスが魔法陣の中に閉じ込められていた部屋だった。

「ここですね」

クルトは、まるで近くの雑貨屋さんを案内するかのように隠し扉を開けた。

今日私たちは、この部屋にはまだ入っていない。

おそらくクルトは、以前ここを訪れた時にすでに見つけていたのだろう。

「クルト、なんでここの調査が終わっているって思ったんだ？」

「埃《ほこり》の切れ目ですかね？　たぶん、ここは日常的に誰かが使っているんだと思います。前に来た時に見て覚えていました」

クルトは扉近くの床を指でなぞって言った。

いったいどんな観察眼なんだ。

「クルトちゃん、日常的に使われているって言った？」

「はい。今回も、少なくとも一週間以内に誰かが通っている形跡があります」

ミミコの問いにクルトは頷《うなず》いた。

「ユーリさん。たしかここに調査に来たのって」

「ああ、例の事件があってからすぐに調査が行われたが、それ以降は公式には調査は行われていないはずだよ」

「遺跡荒らしでしょうか？」

「その可能性は否定できないが……遺跡荒らしは日常的に使わないと思うぞ」

私とリーゼは囁《ささや》きあった。

しかし、警備をしている衛兵がいないとはいえ、めぼしい宝がない（と思われていた）遺跡を荒らすトレジャーハンターなんているだろうか？

盗賊がアジトにしている可能性も考えたが、魔領近くのこんな場所にアジトを作る理由が見つからない。行商人は絶対に通らないだろう。

この先の部屋に行けば謎《なぞ》は解けるのだろうか？

ミミコが部屋の中に探知の魔法をかけ、問題ないと判断した。

密閉されていた部屋というのは毒ガスが満ちていることもあるが、人が出入りしていたということもあって、その心配はなかったようだ。

部屋に入って最初に気付いたのは、この部屋は少なくとも一週間は密閉されていたはずなのに、妙に空気が新しいということだ。

部屋に換気機能があるのか、それともここを利用している者の仕業かはわからない。

そして部屋の壁には、古代文字と思われるものが書かれていた。

「クルト、これ解読できるか？」

「古代文字ですね。僕が子供の頃に遊びにいった遺跡にも似たような文字がありました。はい、読めます」

「……ラピタル文明の古代文字って、まだ解読が全然進んでいない未知の文字群なのに」

ミミコがうなだれるように言ったが、まぁ、クルトだしな。

「パパ、なにがかかれてるの？」

真っ暗な部屋が怖いのか、クルトのズボンの裾《すそ》をしっかりと掴みながらアクリが尋ねた。

「これはね、転移の魔道具の作り方が書かれているんだよ」

「転移の魔道具っ⁉　転移石と転移結晶の作り方かっ⁉」

「いえ、ここに書かれているのは限定的な三次元転移ではなく、おそらく高次元――悪魔界や神界への転移を為すための魔道具の作り方だと思います」

「悪魔界に神界って、もう童話の世界じゃない⁉」

ミミコが言った。

悪魔界や神界は、存在すると言われているが確認することもできない世界だ。

「ミミコ、そんなに驚くことなのか？　実際に悪魔が召喚されたのを私たちは見たことがあるだろ？」

あれも言うなれば悪魔の転移装置だ。

私はそう思って言ったのだが、違ったようだ。

「ユーリシアちゃんは知らないかもしれないけれど、召喚される悪魔っていうのは、元からこの世界にいる悪魔なの。遥《はる》か昔、魔神によって悪魔界から追放されたそうよ。ただ、悪魔はこの世界に実体を持つためには力が必要なの。その力を得るのが悪魔の契約――魔力や魂《たましい》を生贄《いけにえ》に捧《ささ》げて実体化させる。この話は昔の学者が召喚された悪魔と契約し、直接聞いた話だそうだから、まず間違いないわ」

悪魔は契約には絶対に従う。

契約で情報を聞き出したというのならその情報は正しいのだろう。

つまり、私たちが悪魔を召喚したと言っているのは、実際のところ悪魔を見えるようにしているということなのか。

「クルト、そんな転移装置、作れるのか!?」

私は質問して、「しまった」と思った。

クルトのことだ、そんな質問をしたら、「はい、作れますよ」と言うに決まっている。

悪魔界なんかに転移できる装置ができたりしたらどうなることやら。

変な事件に巻き込まれるのはもう御免《ごめん》だ。

だが、クルトは意外なことを言った。

「僕にはちょっと複雑すぎて。理論の理解はできるんですけど、最後まで書かれていませんし、実現するのは無理ですね」

「クルト様でも作れないものがあるのですね」

「あはは、当たり前ですよ。作れないものだらけですよ」

驚くリーゼにクルトは苦笑したが、私は少し安心した。

部屋はさらに奥に続いているので、引き続き奥に向かう。

そして、私は思わぬものを見つけた。

そこにあったのは、巨大な転移石だったのだ。

なんでこんなところに転移石が？　誰かが設置したのだろうか？

「ユーリシアちゃん」

「わかったよ」

ミミコが言わんとしていることを察し、私は転移石に触れた。

そして、転移結晶を使い、移動しようと試みる。

しかし――

「ダメだな。私の登録している場所のどこにも転移できない」

「そっか……転移盤で制御をしているのか、それとも――」

私の脳裏を、ある仮説がよぎった。

「高位の次元に転移するための転移石……という可能性はありませんか？」

リーゼが言った。

やはりそうなってくる。この部屋の壁に書かれていた内容から察するに、普通の転移石じゃないんだろう。心なしか、私たちが知っている転移石より大きく見えるし。

「うーん、これだと高次元への転移はできそうにありませんね」

クルトが転移石を調べて、リーゼの考えを否定する。

「クルトちゃん、見ただけでわかるの？」

「はい。この転移石はさっき壁に書いてあった理論に基づいて作られていますから。これだと高次元に転移はできません。人工的に創り出した疑似高次元くらいなら転移できるかもしれませんが」

「そんなもの作れるのか？」

疑似的な高次元——世界をひとつ作るようなものじゃないのか？

「僕には無理ですね」

さすがにこればかりは私も安心した。

そこまでいけば、クルト＝神になりかねない。

「そういう研究を遊びでしている人は村にいましたが」

一気に不安になった。

本当に作ってないだろうな？

工房や町を作るのと全然違うんだぞ？

「では、クルト様にならこの転移石の先に行くことはできますか？」

「それも無理ですね。部品がいくつか足りなくなっているみたいで、双方向の転移ができなくなっているようです。この転移石は向こう側から来るだけの一方通行みたいです」

クルトの言う通り、転移石の周りにはなにかを嵌《は》め込むような窪《くぼ》みがいくつもあった。

でも、足りない部品はいったいどこに？

元からなかったのか、それとも——たとえばここに出入りしているという誰かが盗んだのか？

その後、クルト、リーゼ、ミミコの三人で、部屋の調査が徹底的に行われた。

リーゼの奴も、工房主《アトリエマイスター》オフィリアさんの弟子ということもあり、調査の役に立っている。

自分がバカだとは思わないが、しかし専門的な知識のない私は、邪魔にならないところでアクリとおままごとをして遊ぶことにした。

おままごとなんて久しぶりだし、少々気恥ずかしい。

ローレッタ姉さんとよく遊んだっけ。というか私が無理にせがんでいた。

ドリアードの大樹の中で過去の記憶を見たせいか、ローレッタ姉さんとの思い出がずいぶんと鮮明に蘇《よみがえ》るようになった。

きっと、私とおままごとをしていたローレッタ姉さんも少し恥ずかしかっただろう。

そんなことを思いながら二人で遊んでいるうちに、調査は終わった。

結局、目新しい発見はなかったようで、クルトが申し訳なさそうにしていたが、隠し部屋二つを発見し、そして壁面の文字の解読をしているので十分過ぎる成果だと思う。

私たちは例の隠し部屋の前で昼食をとることにした。

「これ、アクリがつくったの！」

アクリがサラダが挟まっているパンを指さして言った。

作ったといっても、クルトが用意したパンにアクリが燻製肉《くんせいにく》と野菜を挟んだだけだ。難しかったのか、トマトがいくつか潰《つぶ》れている。

それでも私は嬉しかった。

娘の手料理を食べることができるというのは、感慨深《かんがいぶか》いものがある。

「上手にできているね。じゃあ食べようか」

私たちはまず、アクリの期待に応えてサラダが挟まったパンを食べた。

うん、これはうまい。

パンや燻製肉がクルトの手作りで、野菜もクルトが育てているため美味しいに決まっているが、それ以上に娘の愛情がたっぷりこもっていて、なおさら美味しい。

「美味しいよ、アクリ」

「えへへ」

あぁ、本当にうちの娘は世界一だ。

こうして私を連れ戻してくれたクルトとリーゼには感謝するばかりだよ。

「……あれ？」

そうして五人でご飯を食べていると、アクリが転移石が置いてあった隠し部屋の方を見た。

何かに気付いたのだろうか？　じっとそちらを見ている。

不思議に思ったが、また隠し部屋でも見つけたのだろうと思いなおし、先にパンの残りを食べようと思った——その時だった。

「——っ!?　みんな、私の後ろに下がれ！」

私はそう言ってパンを置くと、クルトから貰った愛刀の雪華《せっか》を抜いた。

「ユーリさん、どうしたのですかっ⁉」

「誰かの気配がする！」

「気配⁉　でも、あの転移石は使えないと――」

リーゼが言ったが、そうじゃない。

「クルト、転移石はこちらから転移することはできないけど、別の場所から転移してくることは可能なんだよな？」

「はい。対応する転移石があれば可能です」

間違いなくあったんだろう。

そして、誰かがここにやってきた。

おそらく、この遺跡に日常的に入っていた何者かが。

「ミミコ、リーゼ、援護を頼む」

私はそう言った。

出てくるのが人間だとは限らない。

疑似高次元とやらから来た存在かもしれない。魔族の可能性も、化け物の可能性だってある。

徐々に足音は近付いてきた。

そして――

現れたのは女性だった。

頭にバンダナを巻いている、レンジャーのような風貌《ふうぼう》の女性だ。

彼女は私たちがいることに気付いていたのか、まるで悪戯《いたずら》がバレた子供のようなバツの悪そうな顔でこちらを見ていた。

いったい、何者だ？

私がそう思った時だった。

「バンダナさんっ⁉」

バンダナ⁉　こいつがかつてクルトが所属していた冒険者パーティ「炎《ほのお》の竜牙《りゅうが》」のメンバーだった、バンダナだっていうのか？

「いやぁ……とりあえず話が長くなりそうやから、うちもそのお弁当もらっていい？」

彼女は、こんな状況下で弁当の催促《さいそく》をしてきたのだった。


「いやぁ、クルが作った料理は相変わらず美味しいわぁ」

上機嫌にバンダナが、クルトの作った料理を食べる。

それはいい。

クルトの料理が美味しいのは、氷が冷たいのと同じくらい当然の話なのだから。

問題は、そのクルトが甲斐甲斐《かいがい》しくバンダナの世話をしていることだった。

「はい、バンダナさん、お茶が入りましたよ」

べる。

「おぉ、ありがとな、クル」

バンダナはクルトが淹《い》れたお茶を笑いながら手にし、それを見てクルトが嬉しそうな笑みを浮かべる。

いつも私たちに見せる笑顔より、僅《わず》かに、本当に僅かに嬉しそうなその笑みに、私は複雑な気持ちになる。リーゼはおそらく嫉妬《しっと》の炎を燃やしていることだろう。

クルトにとって、「炎の竜牙」が非常に大切な存在であることは私もリーゼも知っている。

その仲間との久しぶりの再会、そして久しぶりの食事。

喜ぶなという方が無理があるのだが……

「バンダナだっけ、そろそろ話してくれないか？　あんたはどこの転移石からやってきたんだ？」

「ん？　まだ話してへんかったかな？」

バンダナはとぼけた口調で言った。

「サマエラ市から東北東の洞窟《どうくつ》――って言ったらわかるやろ」

それを聞いて、アクリ以外の全員がその場所に思い当たった。

サマエラ市といえば、私とクルトが初めて出会った町。そして東北東の洞窟は、クルトと「サクラ」の面々がアイアンゴーレムの討伐に向かい、ゴブリンの大群によってピンチに陥った場所だ。

と同時に、私はあることを思い出す。

「思い出した。あんたの声、どこかで聞いたと思ったら、私にクルトの居場所を教えた――」

サマエラ市で、クルトの居場所を教えてくれた謎の女性。その声は、口調こそ違うがこの女の声だった。

「え？　じゃあバンダナさんが、ユーリシアさんたちに僕の居場所を教えてくれたんですか？　ありがとうございます！　あの時、ユーリシアさんの到着が少しでも遅かったらどうなっていたことか」

「待って！　そもそもなんであんたはクルトの居場所を知っていたんだ！」

こいつが裏で手を引いていたんじゃないか？

私がそんな疑問を持ち尋ねると、バンダナはあっさりと答えた。

「そりゃ、あの時のアイアンゴーレム狩りの依頼主がうちやからや。直接依頼したわけやないけど、誰が依頼を受けたかくらい知ってて当たり前やろ？ｓｓ」

あっさり認めた？

アイアンゴーレム狩りの依頼主というのは、つまりはビビノッケの依頼主ということだ。

ビビノッケというのは、「サクラ」の元メンバーの運び屋で、その正体は冒険者パーティの中に入り、内側からパーティを破滅に追い込む盗賊ギルドの一員だった。

つまり、このバンダナが「サクラ」の三人とクルトを窮地に追い込んだ黒幕ということになる。

クルトたちを窮地に追い込ませたり、私に救わせたり、一体何を考えているんだ？

「そうだったんですかっ!?」

何も知らないクルトは驚いて声を上げた。

凄い偶然だと言わんばかりの驚きようだが、さすがに私は全て偶然で片付けることができない。

「そうやで。洞窟の奥にある遺跡の、さらに奥にある宝がちょっと気になってな」

ヘラヘラとクルトに頷くバンダナに、リーゼが待ったをかける。

「待ってください。あの遺跡の隠し通路を含め、国の調査隊が調べたそうです。特に新しい発見はなかったという話を聞いています」

「リーゼちゃん……やったかな？　調査隊が調べて全ての隠し扉が見つかるんやったら、ここの隠し扉もすでに発見されているんとちゃうの？」

バンダナはそう言って、先ほどクルトが発見したばかりの隠し通路を指さした。

その通りだ。

調査隊は隠し扉等を発見するエキスパートが揃《そろ》っているが、しかし全ての隠し扉を見つけられるわけではない。

クルトが調べるわけじゃないのだ、見落としくらいあって当然だ。

「そもそも、アイアンドラゴンゴーレムみたいな大物ゴーレムが採掘できるような場所には、たいてい宝物庫があるもんやろ」

「――っ⁉」

本来であれば、ゴーレムが守っている場所――と言うべきなのに、バンダナはあえて採掘できるような場所と表現した。

それは、ゴーレムが、遺跡を守るような強い存在であることをクルトに知られないため……つまりは、クルトが自分の能力に気付くのを防ぐため。

マーレフィスへの取り調べで、バンダナがクルトの秘密を守ってきていることは予想していたが、まさかここまで堂々と明かしてくるとは。

掴みどころのない存在だ。

「それじゃあ、転移石はその洞窟の奥にあり、この遺跡に繋がっていた——そういうことでしょうか？」

「間違いないで。まぁ、一方通行やから使い勝手はえろう悪いんやけど」

と、バンダナはなにかを思いついたように手を打った。

「そうや、クル！　うちから頼みがあるんやけど、大丈夫やろか？」

「はい、なんでしょうか？」

「この遺跡の転移石には、特定の場所に転移するために、そこを記録した石が埋め込まれていたんやけど、盗まれてもうて今はないみたいなんよ。それを取り戻してくれへん？」

「ちょっと待って。たしかにクルトちゃんも、すでにこの隠し部屋は誰かが入った形跡があるって言ってたけど、あなたじゃないの？」

ミミコが尋ねた。バンダナは首を横に振って否定する。

「ちゃうちゃう。うちがここの隠し扉を発見する前から、この隠し部屋は荒らされとった。このバンダナに誓うわ」

バンダナに誓う意味がわからないし、信じられる要素がひとつもない。

それに――

「さすがに犯人が誰かもわからないのに、盗まれたものを取り戻すのは無理だろ」

「犯人はわかってるで」

バンダナは、まるで私の言葉を待っていたかのように後出しで情報を伝えた。

「ヴィトゥキント・アークママ――この国の第三王妃、イザドーラ・アークママの弟であり、七カ国によって認められた工房主《アトリエマイスター》や。聞いたことくらいあるやろ？」

「ちょっと待ってください！　ヴィトゥキントが遺跡荒らしの犯人だとしたら、彼が発明したという転移結晶と転移石、転移盤は？」

「想像の通りやけど、発明っちゅうんは間違えてるやろ？　彼がやったんは、転移石と転移結晶の解析と複製。といってもできあがったのは劣化品やけどな。転移盤はその副産物やな」

「……劣化品」

「クルトがおるんやったら、壁の文字の解読は終わったんやろ？　本来、ここで作られていた転移石というのは別の次元に行くためのもんや。結果的に、高次元への転移はできなくても、亜次元――高次元とこの次元との間にある亜次元転移は可能になっている。ま、それのニセモンの劣化品は亜次元どころか、一定の距離までしか転移できへんけど」

亜次元というのは、クルトが言っていた疑似高次元のことか。

この女、一人であの壁画の文字を解読したっていうのか？

こちらに危害を加えるつもりはなさそうだが、底の見えないこの女を、私は警戒した。

「そんな警戒せんでもいいやん。うちはただのレンジャーやで。宮廷魔術師や凄腕の冒険者であるあんさんがおるところでなにかするわけないやろ」

バンダナは笑って言った。

ちっ、やりにくい。

というか、クルトの前で私があんたのことを警戒しているって伝えるなよ。

クルトはこの女のことを仲間として慕っている。

そんな奴のことを警戒しているなんて知られたら、クルトに悪い印象を与えるだろうが。

「はぁ……いや、あんたのことを警戒したわけじゃないんだ。ちょっと変な気配がしてね」

「魔物ですかっ⁉」

私が余計なごまかしを入れたせいで、クルトが不安そうに周囲を見回した。

「大丈夫や、クル。魔物はおらへん。魔物はな。だから安心し」

「はい、ありがとうございます、バンダナさん」

頭をポンポンとバンダナに叩《たた》かれて、クルトが嬉しそうに笑った。

こいつ、やはり見張りにつけているファントムのことも気付いているのか。

「話を戻してください。ここの転移石と転移結晶の情報が盗まれたということは、転移石と転移結晶の知識はホムーロス王国の所有物だったということになります。それを横から奪い、莫大《ばくだい》な使用料と権力を手にしたヴィトゥキントは許せません！」

「そんな怒らんでもいいやん、リーゼちゃん。そりゃ王国にとっては大損害かもしれへんけど、そのおかげで転移結晶と転移石がいろんなところに配置されて、転移結晶を持っていればどんな人でも使えるようになったんやから。国家に所有されとったら、軍事利用のために独占されて、世間に広がることはなかったやろ？　そういう意味ではリーゼちゃんはまったく損をしていないんやし、怒るのは筋違いや、王族でもあるまいし」

「くっ……」

リーゼが呻《うめ》いた。

こいつが王女であることをクルトに知られるわけにはいかないからな。

「私は宮廷魔術師だよ。そんな話を聞かされて黙ってろとでも？　バンダナさん」

「バンダナちゃんって呼んでくれてええよ。クルの友達のミミコちゃん。ミミコちゃんにとって、うちは友達の元仲間、うちにとってミミコちゃんは元仲間の友達。堅苦しい言葉は無しにしようや。なぁ、クル」

「そうですね」

クルトが笑顔で頷いた。

この女、クルトのことを最大限に利用して場を支配していやがる。

「でも、バンダナさん。ミミコさんも困っていますから、知っている情報はちゃんと教えてください」

クルトがそう言うと、バンダナは少し困った顔を見せたが、頷いて語り始めた。

「……そやな。といっても、知っている情報はそんなもんやで。ヴィトゥキントは元々レンジャーで、世界中のラピタル遺跡に特徴的な仕掛けがあることに気付いた。その仕掛けを解いて、数々の魔道具を見つけ、それを解析、複製して世に出してきた。もっとも、大半は使い方もわからないガラクタにしかならんかったみたいやけど」

「使い方のわからないガラクタ?」

「たとえば、魔力を測定する土っていう発明品があるんやけど。それは元々は、土に魔力を染みわたらせて、特別な植物を急激に成長させるための肥料となる土やったんや」

「へぇ、そんな土があるんですか。僕、知らなかったです」

それって、元々ハロワで魔力測定用の魔道具として使われ、つい最近、クルトが運んで、ドリアードを顕現《けんげん》させるために使われた土嚢《どのう》のことじゃないか?

どうりで、土嚢を魔力測定用の道具に使うなんておかしいと思った。使用方法がわからずに、そんな変な使い方になっていたのか。

「工房主《アトリエマイスター》ヴィトゥキントの発明品は、転移石を除いて、突拍子がないものばかりだけれど、使い方のわからない魔道具が多かったの。まるで、自分でも何が飛び出すかわからないびっくり箱を作ってるみたいだって思ったことがあるんだけど……そういう理由があったのなら納得できる」

ミミコがため息をついて、一番重要な質問をした。

「それで、バンダナさん。工房主《アトリエマイスター》ヴィトゥキントが犯人だっていう証拠《しょうこ》は？」

「うちの依頼主から聞かされた。依頼主の正体は守秘義務で教えられへん。でも、今話したんは真実や」

「宮廷魔術師の命令でも教えていただけませんか？」

「令状でも持ってこんかいってことやな。まぁ、準備しているうちに、うちは一人で逃げるで」

睨《にら》みあうミミコとバンダナ。

すると突然、バンダナは笑い出した。

「あはははは、うちにうちはって、とんだ親父ギャグかましてもうたわ」

なにがそんなに面白いのか、バンダナは涙を浮かべて笑った。

「まぁ、ここで睨みあっててもクルが心配するだけやし、ヒントの可能性だけならプレゼントしてやってもいいで。昼食代としてな」

「ヒントの可能性？」

「ユーリシアって言うたかな、さっきからうちのことを睨んでる姉ちゃん」

「私？」

ここまで黙って話を聞いていた私に対して、突然話を振られた。

正直、工房とか盗掘とかは、私と一切関係のない話だったから意外だった。

「姉ちゃんの祖母《ばあ》ちゃんの家、たしかサマエラ市の近くの山やったやんな？」

「あぁ、そうだけど？」

なんで知っているんだ？　と尋ねたところで、適当にはぐらかされるだけだろう。

「うちの依頼主と、その祖母ちゃんは知り合いなんよ。だから、もしかしたら、そこになにかヒントがあるかもしれないっちゅう話や」

なるほど、それでヒントの可能性か。

祖母は山ひとつ所有し、それを維持できるだけの力を持っていたし、変な交流があった。それこそエレメント氏族会とも。

「じゃあ、うちはこれでお暇《いとま》するわ」

「え、バンダナさんもう帰っちゃうんですか？」

「まぁな。近いうちまた会えるやろうから、その時にでもゆっくり話をしようや」

クルトが名残惜《なごりお》しそうにする中、バンダナは終始自分のペースを崩さないまま話を終え、そして去って行った。

「調べないといけない場所が二カ所できたね」

一カ所は、クルトがかつてアイアンドラゴンゴーレムを倒した洞窟。

そして、もう一カ所は私の祖母の家。

「一度工房に戻って二手に分かれて調査しましょ」

「じゃあ、クルトは洞窟の方だね。隠し扉を見つけるにはクルトの力が必要になる。私は当然、祖母の実家に行く」

「なら、私は洞窟に――」

「リーゼは私と一緒だ。アクリも一緒に行くからな。母娘《おやこ》でピクニックだ」

「私も洞窟はちょっと……蝙蝠《こうもり》とか怖いし」

リーゼが目を見開く横で、ミミコのぶりっ子モードが発動した。

でも、クルト一人で洞窟の調査は無理だろ。

なにかあった時にツッコミ……じゃなくて対処できない。

「それなら、クルト様の面倒はあの人たちに任せましょう」

リーゼはそう提案した。

こうして、私たちは工房に戻るなり、二手に分かれて行動を開始することにしたのだった。

◇◆◇◆◇

私、シーナは、同じ「サクラ」のメンバーであるカンス兄さんとダンゾウ、そしてクルトを加えた四人で、かつて訪れたことのある洞窟の調査に赴《おもむ》いた。

洞窟の中はクルトが前にばら撒《ま》いたヒカリゴケが今でもしっかりと定着し、光を放っている。

洞窟は湿度の加減で地上に比べヒカリゴケが定着しやすい場所ではあるが、それでもたった一度でその場にとどまり続けることはない。

普通の人間がばら撒けば、三日程度で枯れてしまい、光を放たなくなる。

だけどクルトの栽培適性ＳＳＳは、ヒカリゴケの散布にも影響を及ぼすらしく、洞窟は今も明るかった。

ただ厄介なことに、ヒカリゴケが定着している洞窟は魔物が繁殖《はんしょく》しやすい。ヒカリゴケを食べるスライムが増殖し、それを食べる小さな魔物が集まり、それを狙《ねら》ってゴブリンが塒《ねぐら》にするのだ。

さっきクルトにまとわりついていたスライムも、ここで生まれた個体だろう。

と、私はある物に気付いた。

「クルト、これを見て」

注意深く見ないとわからないが、ヒカリゴケが少し踏みつぶされている。

「あ、それゴブリンの足跡ですか？　よくわかりましたね」

「まぁ、私が先頭を歩いてるからね」

以前、ここに来た時は、クルトに先にゴブリンの痕跡《こんせき》を見つけられたので、名誉《めいよ》挽回《ばんかい》したと言えるだろう。

足跡の数は少なくないから、群れで棲《す》みついている可能性が高くなった。

私は少し緊張しながら、兄さんとダンゾウに目配せをし、洞窟を進む。

しばらくすると魔物の気配がしたので、私は無言でみんなを止める。

いたのはゴブリンではなく、スライムだった。

十匹はいる。

どうやらヒカリゴケを食べているらしい。

「なんだ、スライムかよ」

「スライムだけじゃない。じっとしてて」

兄さんが胸をなでおろすように言うが、私は小声で諫《いさ》める。

スライムの奥にいる気配を感じ取っていたからだ。

そして、その気配の正体が現れた。

――ゴブリンだ。

二匹のゴブリンはスライムを見ると笑い、それらを袋につめ、洞窟の奥に持ち去っていった。

「どういうことだ？　ゴブリンはスライムなんて食べないだろ？」

「……もしかして、スライムに果物を食べさせるのかも」

兄さんの疑問に、クルトが答える。

「食べさせてどうなるの？」

「果物を食べた二時間後くらいに叩き潰すと、お酒になっているんです。スライムの中には独特な酵素《こうそ》があって、糖《とう》を酒精に変える力があるので」

お酒に興味のない私は、スライムがお酒を造るなんて聞いたことがなかった。

本当にクルトはいろいろなことを知っている。

ただ、その話を聞いて、私は嫌な予感がした。

「スライム酒か。そう言われてみれば、『スライム酒と蜂蜜《はちみつ》酒、どちらが先に生まれたかを議論するには、スライムと蜜蜂、どちらが先に生まれたかを知らなければいけない』って話を聞いたことがある。だが――」

「某《それがし》も、ゴブリンがそんな方法で酒を造っているなど聞いたことがござらん。まさか――」

兄さんもダンゾウも気付いたようだ。

私も頷き、二人が考えているのと同じ予測を口にする。

「ゴブリンの上位種、ゴブリンキングがいる可能性が高いってことね」

ゴブリンは知能は高くない。しかし、その上位種、特にゴブリンキングは学習能力が高い。

奴であれば、スライムが酒を生み出すことに気付き、自分たちで育てていてもおかしくはない。

「引き返しましょ。ゴブリンキングのいる群れなら、ゴブリンの数は百を超えているはずだし……兄さん、今度は鎧《よろい》を壁にぶつけたりしないでよ」

「言われなくてもわかってるよ……まぁ、今回は相手が悪い」

「そうでござるな」

護衛にファントムが二人ほどついてきているらしいけど、いくらなんでも百を超えるゴブリンを相手にするとなったら、乱戦は必至。

私たちだけならまだしも、クルトを守りながら戦うのは不可能に近い。

冒険者にとって、一番大切なのは自分の命。

無茶をするのはダメだ。

そう思った時だった。

「残念ですが、逃げることは私が許しませんよ」

突然、私たちの知らない声が響いた。

◇◆◇◆◇

サマエラ市近郊に私が所有する山、その山頂に到着する前の最後の休憩《きゅうけい》ポイントで、私――ユーリシアの隣にいたミミコのところに、一羽の鳩《はと》が飛んできた。

ミミコが育て、各地に配置されている、特殊な訓練を受けた伝書鳩だ。

本来の伝書鳩は、帰巣本能を利用して手紙を届けるが、彼女が育てている鳩は、ミミコの持つ魔力を感じ取り、彼女のいる場所に飛んでくる。

そのため、どこにいてもミミコのいる場所に手紙が届けられる。

「緊急の連絡かい？」

「うん、ちょっと厄介《やっかい》な話」

「お前が言う厄介ってのは怖いな。国が滅ぶほどか？」

「ゴブリンキングが出たみたいなの」

ゴブリンキングか。

私も何度か倒したことがある歯ごたえのある相手だ。

単体での討伐難易度はＢだが、ゴブリンキングがいる場所には百を超えるゴブリンの群れがあると言われ、群れを含めた討伐難易度はＡ～Ｓに跳ね上がる。

かなりの強敵と言える。

「お前のところにわざわざ連絡が来るってことは、五百を超えるゴブリンの群れってことか？」

「ううん、まだ若手で、群れの規模も百程度。討伐難易度はＡってところね」

「……？　なら、王都の近くに現れたとか？」

「それだったら騎士がすでに出動してるわよ。現れたのは資源的な価値はゼロの洞窟の中」

「だったら問題は……」

「待ってください、その洞窟ってまさか――っ⁉」

寝ているアクリを見守っていたリーゼが声を上げた。

アクリが一瞬ビクっと反応するが、完全には起きなかったようだ。

「はい、リーゼロッテ様の予想通り。クルトちゃんのいる洞窟です」

「急いでクルト様のもとに――ここは申し訳ありませんが、アクリの転移魔法を使って少しでも移動を――」

「落ち着いてください、リーゼロッテ様。ファントムが護衛についています。万が一のことがある前に行動するはずです」

「ですが、ファントムの護衛は要人などの暗殺の防止。乱戦時の護衛向きではありません」

「わかっています。一応、こういうこともあろうかと、ファントム以外の護衛も送っていますから、大丈夫です」

ファントム以外の護衛？

ミミコが使える手駒《てごま》の中で、クルトの実力がバレても問題なく、護衛のできる人間というと限られている。

まさか――

◇◆◇◆◇

私、シーナは、新たに現れた女性の声に警戒する。

最初はファントムかと思ったが、彼女たちは本当に危ないと思った時しか姿を見せないと聞いている。

だとすると、一体誰が？

「この声は――」

クルトは少し嬉しそうにしている。

すると修道服に身を包んだ法術師が現れ、クルトが歓喜の声を上げた。

「マーレフィスさんっ！」

「久しぶりですわね、クル」

どうやらクルトの知り合いらしい。

クルトは嬉しそうに彼女の方に向かった。

まるで、クルトを見つけたアクリのような無邪気な笑みだ。

「彼女が例の――」

兄さんがポツリと呟いた。

「知ってるの？」

「ああ、クルトに会う前に噂《うわさ》程度にな。『炎の竜牙』に所属していた法術師だよ」

「某《それがし》も聞いたことがある。ユニコーンの角杖を使う凄腕の法術師であったと」

ダンゾウもそう言って頷くが、私は思わず眉根《まゆね》を寄せる。

「『炎の竜牙』って、クルトを雑用係にして最後には追放したパーティじゃん。なんでそんなのがいるのよ」

「俺が知るかよ」

兄さんが文句を言った時、クルトが気になっていたことを聞いてくれる。

「なんでマーレフィスさんがここに？」

「ミミコ第三席宮廷魔術師様に頼まれましたの。遺跡の調査をするクルの手助けをしてほしいと」

「ミミコさんが？」

「ええ。なので、今回は一緒に行動しますわ。よろしいですわね、皆さん」

しかし私は首を横に振る。

「マーレフィスさん……だっけ？　残念だけど、今回は引き返すことにしたのよ。ゴブリンキングが出たとなれば、私たちの手には負えないわ」

「私が大丈夫だと申しているのです。信用なさい」

信用しろって、会ったばかりの相手に、そんなのできるわけないじゃない。

思いっきり文句を言ってやりたいが、クルトが嬉しそうにしているせいで言いづらい。

「マーレフィスさん、俺はカンスだ。クルトからあんたの話は聞いている。そこそこの実力の法術師だそうだな」

「ええ、実力の高い法術師ですわ」

「相手はゴブリンキングだ。群れでの討伐難易度はAランク。小さな町なら滅ぼされてもおかしくない、騎士隊が出動して然《しか》るべき相手だ。相手が悪い」

「あら、私たちは討伐難易度Sのランクの魔物を倒しましたわよ？　ねぇ、クル」

「……はい」

クルトは少し複雑そうな表情で頷いた。

「炎の竜牙」が伝説の魔狼《まろう》――フェンリルを倒したという話は私も知っている。

そして、その魔狼を倒したあとでクルトがパーティから追放されたことも。

「相性《あいしょう》がよかったんでしょ？　フェンリルの属性は氷。炎属性のあなたたちのリーダーだった人にとっては」

私が睨みつけるように言う。

自慢話をしたいのなら、帰ってから酒場にでも行ってすればいい。

私はこんな奴に付き合って死にたくない。

兄さんに帰るように促そうとした時、ダンゾウがクルトに意見を求めた。

「クルト殿、どう思うでござるか？」

「マーレフィスさんがいるのなら、怪我の心配はないと思います。ただ、攻撃はできないので――」

「攻撃をするのは某《それがし》たちということでござるか……マーレフィス殿、某《それがし》はダンゾウ、このパーティのリーダーをしている者でござる。貴殿はミミコ殿から派遣されたとのことだが、行動を共にするのであれば、某《それがし》に従ってもらう必要がござる」

ダンゾウがマーレフィスに向き直りそう言うが、彼女は首を傾げる。

「あら？　でもこのパーティは工房所属の冒険者で、現在の工房主代理《アトリエマイスター》はクルだと伺《うかが》いましたわよ？　クルの意見に従うのが妥当《だとう》ではなくて？」

「マーレフィスさん、僕は実質ただの雑用係で――」

「たしかにクルト殿は某《それがし》がお仕えするにふさわしい主であるが、戦闘に関しては某《それがし》が主導することになっているでござる。故に危険と思ったら引き返す。その時は某《それがし》の指示に従ってもらう。よろしいな」

「ちょっと、ダンゾウ！　まさかゴブリンキング退治に行くの!?」

私は抗議の声を上げた。

「静かにしろ、ゴブリンに気付かれる」

兄さんは私の頭に手を置き、ダンゾウに言った。

「いいんだな？」

「うむ。某《それがし》もカンス殿もいつまでも逃げていられぬからな」

「……わかったわよ」

そうね、私も覚悟を決めないと。

正直、ゴブリンキングが現れている可能性に気付いた時、これでゴブリンと戦わない口実ができたと安堵してしまっていた。

覚悟を決めたつもりだったのに、私はまだ逃げようとしていたのだ。

「話は終わりましたわね。ところで、クル。早速ですが、杖の整備をお願いできるかしら？」

「はい」

クルトは頷いてマーレフィスから杖を受け取ると、魔力を流した。

「え？　クルトって魔法を使えたの？」

「いえ、魔力を流すことしかできません。魔法適性はGランクなので……はい、できましたよ、マーレフィスさん」

マーレフィスは礼も言わずに杖を受け取ると、「守護者の盾《プロテクト》」と魔法を唱えた。

法術師が使う基本的な防御強化魔法だが、その魔力の密度に私は内心驚く。

まるで鉄のような魔力の密度だったのだ。

守護者の盾《プロテクト》において、魔力の密度は硬度に直結する。

これなら、私がナイフを投げても容易《たやす》く弾かれてしまうだろう。

マーレフィスが凄いのではない。

彼女の魔力を極限にまで高めているのが、あの杖だ。

「問題なく使えますわね」

なぜかマーレフィスは忌々《いまいま》しげに呟き、杖を下ろした。

なんで彼女が怒ってるんだろうか。


しばらく歩くと、私とクルトが以前逃げ込んだ、アイアンドラゴンゴーレムがいた空間に繋がる隠し扉のある場所に辿り着いた。

最近、誰かが開けた形跡はない。

少なくとも、この中にゴブリンが隠れていることはなさそうだ。

このまま中に入って調査を済ませたいけれど、そうはいかない。

中の調査が済んで部屋を出た時、ゴブリンが待ち伏せしていたら、逃げ道がないからだ。

「取る方法は二つね。一つは私とクルトの二人で中の調査を行って、三人はここでゴブリンが来ないか見張るという方法。もう一つは、五人全員で奥に進んで、ゴブリンを全員殺してからここの調査をするって方法。どっちにする？」

全員で中に入るという手段は選べない。奥に転移石があるかどうかも確認できていない状態なら、退路の確保は必要だ。

「そうですわね。クル、いつものように眠り薬を焚《た》いて、中のゴブリンを全員眠らせたりできませんの？」

マーレフィスがそんな提案をしてきた。

いくらなんでもそんなこと――と思ったけれど、クルトならそのくらいやってしまいそうな気がする。

「うーん、ちょっと難しいですね。この洞窟、どうも奥に別の穴があるらしく、こっちが風下なんです。お陰でゴブリンたちが僕たちの臭いに気付かないという利点もありますけれど」

そんなにうまくはいかないらしい。

たしかに、風は洞窟の奥の方から吹いている。

まぁ、それが可能だったら、クルトは以前来た時にその作戦を提案していたはずだ。

もしかしたら、前回私たちが挟み撃ちにあったのも、風下方向にいるゴブリンが臭いに気付いて駆けつけてきたからかもしれない。

「はぁ、役立たずですわね」

「ごめんなさい」

ため息をつくマーレフィスに、クルトが申し訳なさそうに言った。

「クルトは全然悪くないでしょ」

「あら、戦闘ではまったく役に立たないのに、それ以外でもなにもできない者を役立たず以外になんと呼称すればいいのかしら？」

「クルトは役に立たないわけじゃない。クルトだって戦う相手によっては――」

私はアイアンドラゴンゴーレムのことを引き合いに出そうとして、カンス兄さんに肩を掴まれた。

そうだ、クルトには、アイアンドラゴンゴーレムを退治できるということが特別なことなのだと知られてはいけない。

クルトが自分の力が異常であることに気付けば、彼は意識を失ってしまう。私たちはユーリシアさんからそう聞かされていた。

「いいんです、シーナさん。僕が役立たずなのは本当ですから」

クルトはそう言って笑ったが、私には彼が無理して笑っているように見えた。

「マーレフィスさん。ごめんなさい、僕はせめて邪魔にならないように、この中で待つことにします」

「必要ありませんわ。私がついているのですから、お荷物の一人や二人ついてきても戦闘に支障は出ません。見て学ぶのも訓練です。ついてきなさい」

「マーレフィスさん――」

クルトは「なんて優しい人なんだ」という目でマーレフィスを見ているけど、違うからね。少なくとも、私たちの中でクルトをこの場に残すなんて選択肢を持っている人は一人もいないからね。

クルトが元気になったのなら、それでもいいかと思ったけれど、なんか納得できない。

一番クルトを貶《けな》したマーレフィスが、一番クルトからの好感度が上がっているように思える。もしかしなくても、こうやってクルトの「炎の竜牙」への憧《あこが》れは強くなっていたんだろうな。

もう文句を言うのもバカらしくなった私は、「じゃあ行くよ」と言って、洞窟の奥に進んだ。

しばらく進むと、私は気配に気付き、小声でみんなに制止をかけた。

「止まって。ここにいる」

私は忍び足で歩いていき、先の様子を観察する。

いたのはゴブリン三十匹。ゴブリンキングやスライムの姿はない。

私は指で後ろにいる兄さんたちにゴブリンの数と種類を伝える。

十秒後、私がナイフを投げて、一番強そうなゴブリン二匹に攻撃を仕掛けるから、兄さんとダンゾウはそれと同時に前に出てもらう。

「マーレフィスさん、補助魔法を頼めるか」

「仕方ないですわね」

マーレフィスが先ほどの「守護者の盾《プロテクト》」の魔法をかけてくれた。

気にくわない女性だけど、法術の腕だけは確かなようだ。

正直、この防御魔法は頼もしい。

ちなみに、補助魔法はクルトにだけはかからない。

補助魔法は同時に四人までしかかけられないからだ。

これこそが、冒険者のパーティは四人までというルールの所以《ゆえん》でもある。

私は指を折って、後ろの二人にカウントダウンを告げるが、その腕は震えていた。

情けない、土壇場《どたんば》になってビビるなんて。

私はちらっと、肩越しに後ろを見る。

すると、私以上に震え、それでもしっかりと前を見据えるクルトの姿がそこにあった。

それを見ただけで、なぜか肩が軽くなった気がした。

指が二本になったところでカウントダウンを止め、ナイフを手に取った。

私は飛び出すと、両手に持っていたナイフを二本、ゴブリンに向かって投げた。

それらはどちらもゴブリンの眉間《みけん》に突き刺さる。

もう腕は震えていなかった。

そして同時に、兄さんとダンゾウが私の横を通り過ぎ、ゴブリンに向かっていく。

兄さんはもう剣を使うのをやめたらしく、ガントレットでゴブリンの顔を殴りつけていた。ダンゾウが手に持つのは剣ではなく、刀という武器だ。

なんでも彼の故郷の武器らしく、クルトに説明して作ってもらったらしい。

そして、クルトの武器というのは伊達《だて》じゃない。

ダンゾウが刀を振るうたびに、ゴブリンが上下に、左右に、まさに両断されていく。

私もナイフを投げた。

クルトが作ってくれたナイフはとても握りやすく、以前よりも遥かに速く、正確に目標に向かって飛んでいった。

気付けば、ゴブリンの群れは半壊していた。

一部は洞窟の奥に逃げようとするが、背を向けたゴブリンなんて、私にとっては格好の標的でしかない。全部私のナイフの餌食《えじき》となった。

そして――

「勝ったな」

「勝ったでござるな」

部屋の真ん中で兄さんとダンゾウが座り込んで笑いあった。

「うん……勝ったね……」

私はその二人を見ながら、自然に涙を零していた。

ゴブリンの数は前よりも少ない。

マーレフィスの補助もあった。

でも、ゴブリンの群れに勝ったという事実が、私たちの何かを変えてくれた。

「なにを言っているんですか。たかがゴブリン数十匹程度に」

マーレフィスは呆れたように言ったが、これは私たちにしかわからない。

ゴブリンに勝ったと同時に、自分自身に勝ったのだ。

「皆さん、とても凄かったです。あ、お水ありますよ」

クルトは鞄の中から、水筒を三つ取り出して私たちに配って回った。

井戸で汲《く》んだばかりのような冷たい水はとても心地よい。

「クル、私の分は？」

「すみません。マーレフィスさんの分は用意していなくて。僕の分でよかったらどうぞ」

「仕方ありませんわね。それでいいですわ」

マーレフィスはそう言って、クルトの水筒を飲んだ。

これがリーゼさんだったら、「クルト様と間接キス、合法、合法キスですわ」とクルトに聞こえないように興奮しているんだろうな、と思って私はクスっと笑った。

「さて、そろそろ行くか」

兄さんの言葉に、私たちは頷いて出発の準備をした。

「え？　もう行くんですか？」

「あれだけの騒ぎだ。奥にいる奴らの仲間も気付いているだろう。ゴブリンキングがいるとなると、作戦を練って襲ってくるかもしれない。奇襲は無理だが、しかし相手に準備する時間を与えるほどの余裕は俺たちにはないからな」

そうだ。

緒戦が勝利で終わったといっても、まだ本丸が残っている。

むしろ、勝負はこれからだと言っても過言じゃない。

私たちはまっすぐ洞窟を奥に進む。

しばらくすると、三又に分かれている通路に出た。

「どう思う？」

兄さんが言う。

「たぶん、真ん中の道にゴブリンキングがいると思う。けれど——」

「脇道《わきみち》にも伏兵がいるでござろうな」

ダンゾウの言う通りだ。

そして、私たちが脇道の伏兵から先に倒そうとしたら、結局は他の場所から襲われる。

かといって、相手の数がわからないのに三手に分かれるのは辛い。

なんて厄介な場所を塒《ねぐら》にしているのか。

「あなた、レンジャーでしょう？　脇道に罠《わな》でも仕掛けて、伏兵が出て来られないようにできませんの？」

「そんなのできないよ。私はたしかにレンジャーだけど、斥候《せっこう》の方が専門なの！」

「なら、クル。罠を仕掛けなさい。あなた、バンダナの手伝いをしていたでしょ？」

マーレフィスが無茶ぶりを言い始めた。

クルトは戦闘ができないんだ。

罠なんて仕掛けられるわけが——

「……ええと、仕留めるのは無理ですけど、足止めならできると思います」

できるんだ。

クルトはそう言うと、何か仕掛けを作りはじめた。

「クルト、それは？」

「さっき言っていた、燻《いぶ》すと眠りの成分を含んだ煙がでる草です。前にコスキートで見つけて、多めに摘《つ》んでおいたのを持ってきたんです。ゴブリンが通ったら自動的に燃えるようにします」

「私たちまで眠っちゃわない？」

「大丈夫です。さっきも言いましたが、これから僕たちが進む洞窟の奥は風上ですから、そっちまで煙がきません」

クルトはそう言って罠を見えないようにした。

凄い。私はクルトが罠を作って設置しているところまで見ているのに、今こうして見たら、どこに罠があるのかまったくわからない。

罠作製適性もSSSランクなんだ。

これ、間違えて私たちが罠にかかっちゃわないか心配だ。

……ってあれ？　これって、私たちが洞窟の奥に行かなくても、隠し扉の奥に罠を仕掛けていれば安心して遺跡を調査できたんじゃない？

ううん、ゴブリンキングがいるかもしれないんだもの。

ここで私たちが退治しておかないと、周辺の村の人が襲われるかもしれない。

これは冒険者の義務だ。

私は自分にそう言い聞かせたのだった。

私を先頭に、洞窟の奥に進む。

すると、やはりゴブリンたちが待ち構えていた。

私たちを挟み撃ちにするつもりなのだろう。そのためか、ゴブリンたちは妙に余裕がある。

天井には大きな穴があいていて、そこから蔦《つた》が何本も垂れ下がっていた。

なるほど、風はあそこから吹き込んでいたのか。

その天井から近い場所にある金属の台に、一際《ひときわ》大きなゴブリンが座っていた。

やはりゴブリンキングだ。

金属の台らしきものをよく見れば、どうやらここに現れるアイアンゴーレムらしい。

そのゴブリンキングは立ち上がると、大きな声で鳴いた。

仲間を呼んだのだろう。

これでクルトの罠が失敗したら、私たちは挟み撃ちになってしまう。

だが――

「どうやら仲間はお休みのようだね」

通路から増援のゴブリンは現れず、私がそう言って笑うと、ゴブリンキングは激昂《げきこう》して叫んだ。

『グゴォォォォォッ!』

広間にいるゴブリンの数は、先ほどの群れより少ない。

伏兵用に、数を分散していたせいだろう。

ただしどのゴブリンも、先ほどより少し大きく思える。

どうやら、ゴブリンの精鋭部隊らしい。

先手必勝と私が投げたナイフ四本のうち、一本はゴブリンが持っていた盾に防がれた。三本は命中したけれど。

さっきよりも手ごわいみたいだ。

兄さんはダンゾウとともに戦っていた。

「あの時のことを思い出すんじゃないか、ダンゾウ」

「愚問《ぐもん》でござるな。思い出す必要はない。忘れたことはないでござるよ」

「ああ、俺もだ。俺はあの日からずっと思ってた」

兄さんはそう言って、ゴブリンを殴り飛ばした。

「今度同じことがあっても、同じ過ちを繰り返さないってな」

ダンゾウは無言で笑って、ゴブリンを切り捨てた。

このまま行ける。

そう思った時だった——

「カンスさん、後ろからゴブリンが！」

クルトが叫んだ。

兄さんの死角からゴブリンが襲い掛かったのだ。

ゴブリンの持つ棍棒《こんぼう》が、兄さんの後頭部に命中する。

意識を持っていかれそうな程の強打――に、兄さんは耐えた。

そして、襲ってきたゴブリンを殴り飛ばす。

「っつぅ、補助魔法があっても痛ぇな」

「油断大敵でござるよ」

「油断してねぇよ。こっちは補助魔法の威力も織り込み済みで、致命打になる攻撃以外は警戒していないだけだ」

はぁ……兄さん、補助魔法に頼りすぎ。後頭部を殴られるのって、致命打になるはずなのに。

でも、少しだけ兄さんの気持ちはわかる。

だってこの補助魔法、まるで全身金属の鎧《よろい》に守られているような気持ちになるんだもん。

そうしてしばらく戦っていると、兄さんが叫んだ。

「ゴブリンキングが逃げるぞ！」

その言葉通り、ゴブリンキングが天井に空いた穴からぶら下がる蔦《つた》を上っていた。

このままじゃ逃げられるが、ここからだとナイフも届かない。

「なにか飛び道具があれば」

顔をしかめて呟くと、クルトが思いついたように声を上げた。

「あ、ミミコさんが作ってくれた魔力銃があります」

「魔力銃？」

「はい、魔物を自動的に捉えて攻撃してくれる魔道具です。魔力はもう入っているので、あとは撃つだけです」

そんな便利なものがあるのか。

さすがにゴブリンキングを仕留めるのは無理でも、それでバランスを崩して地面に落ちるかもしれない。

「クルト、貸して！　どうやって使うの⁉」

「はい。この筒の部分を攻撃対象に向けて、ここの引き金と呼ばれる場所を引くだけです」

「わかった」

私はその魔力銃を手に取った。

あとは引き金を引くだけ――

「待つでござる、シーナ殿！」

ダンゾウがなにか叫んだが、私の指は止まらなかった。

そして――

巨大な光がゴブリンキングを包み込んだ。

天井の穴が倍くらい大きくなり、ゴブリンキングの姿は、奴が掴まっていた蔦もろとも消えていた。

「逃げられたんですかね」

クルトがそんなバカなことを言う。

あの攻撃を喰《く》らってなお動ける力が残っているのなら、そもそも私たちから逃げる必要なんてない。

「ゴブリンキングは死んだでしょうね。とんでもない武器ですわ……」

「さすがはミミコさんが作った武器ですね」

マーレフィスの呟きに、感心したようにクルトが言う。

いや、絶対違うでしょ。

これはクルトの仕業だと、私は確信した。


残ったゴブリンも全員倒し、洞窟を引き返すと、伏兵だったはずのゴブリンたちは、全員いびきをかいて幸せそうに眠っていた。

もちろん、見逃してやる義理はなく、全員仕留めていく。

右側の通路ではお酒を造るためのスライムが捕らえられていたが、こちらも酒の匂《にお》いに釣られてゴブリンが再度集まってきても困るので、酒は全部捨て、スライムも退治した。

こうして、私たちはようやく遺跡の調査を開始する。

「そういえば、俺たちはここに入るのは初めてだな。ここにアイアンドラゴンゴーレムがいたのか？」

「うん。クルトが全部採掘し倒しちゃったけどね」

私はそう言って、奥の方に向かった。

このあたりはヒカリゴケが定着しておらず、ランタンの光に頼ることになる。

薄暗くてなにがあるかわからない。

ただ、しばらく歩くと行き止まりになった。

壁を確認するがなにもなさそうだ。

「本当にここに隠し通路があるの？　バンダナって人に騙《だま》されたんじゃない？」

「バンダナは見た感じは変わった女ですが、レンジャーとしての腕はあなたよりは確かですわよ」

マーレフィスはいちいち癇《かん》に障《さわ》ることを言う。

結局あんたは防御魔法以外なにもしてないでしょ、って文句を言いたい。

まぁ、法術師が働かなくていいというのは、それだけ誰も怪我をしなかったということで喜ばしいことなんだけど。

「これですね」

クルトが反応を示したのは、壁でも床でも天井でもなく、岩だった。

何の変哲《へんてつ》もない大きな岩。

「この岩がどうしたの？」

「ここに切れ目があります」

「え？」

言われて確認しても、よくわからない。

さらに注意してみると、そういえば線のようなものが入っているように思える。

クルトはさらにその岩を観察し、岩の隙間《すきま》に手を入れて引っ張った。

すると、岩の上部が滑って、地下に続く階段が姿を見せる。

本当にあったんだ。

隣でマーレフィスがドヤ顔で私を見ている気がしたが、無視する。

「じゃあ私から行くから」

そう言って階段を下りた。

階段の先にあった通路はとても広く、馬車二台くらいなら通れそうだ。

しかも、かなり整備されていて、道は左右に分かれている。

「これって――」

私はある物に気付き、周囲を警戒した。

「どうした？」

「スイッチがあるの。見た感じ、光の魔法晶石を光らせるための物みたい」

私はそう言ってスイッチに触れた。軽く魔力が奪われ、ぼんやりと天井が光った。といってもまだまだ暗いけど。

「うん、やっぱり間違いない。ラピタル文明の遺跡でよく見つかるものらしいんだけど、ここにもあったんだ」

ということは、この左右の道のどちらかが、ヴァルハの西の遺跡に行ける転移陣に繋がっているんだろう。

ただ、私の魔力量では、通路を完全に明るくするのは難しいようだ。

「クルト、魔力を流してもらっていい？」

「はい、わかりました」

クルトは返事をして魔力を流す。

すると、天井一面に張り巡らされた魔法晶石が光り輝きだした。

「凄いな。あの魔法晶石を売りさばくだけでも一財産を築けるぞ」

「大儲《おおもう》けですわね」

兄さんが指折り計算をし、マーレフィスが歓喜している。

たしかにこれは凄い。目の前に金貨の山が積まれているようなものなのだから。

ただし、私たちの遺跡の調査が終わったあと、問題がなければ正式に国の調査団がここに立ち入ることになっているので、残念ながら魔法晶石を持ち出すことは許されない。

クルトは天井の魔法晶石ではなく、壁の模様が気になっているようだ。

……違う、これは模様じゃなくて、文字だ。

「クルト、なにが書いてあるかわかるの？」

「はい。ラピタル文明の遺跡にあった文字と同じ種類の文字ですね」

「何が書いてあるの？」

「案内図です。右側が研究室、左側が倉庫となっています」

「倉庫ということは、古代のお宝が隠されているのですわね？」

「いえ、おそらく倉庫というのは、ヴァルハの西にある遺跡のことですね。あそこが倉庫として使われていたんだと思います。とすると、この先にあるのは転移石でしょう」

お宝がないということを知り、マーレフィスは露骨《ろこつ》にガッカリした。

私たちは遺跡荒らしじゃないのをわかっているのだろうか？

「あんな立派な建物が倉庫だったんだ。じゃあ、研究室から先に見る？」

「そうですね」

ということで、まっすぐ進む。

すると、通路を塞ぐ、銀色に輝く大きな巨体が現れた。

「シルバーゴーレムか、プラチナゴーレム……どっちも滅多にいない強敵だけど」

私はそれを見て目を細めた。

しかし、どちらも違うように思える。

「あれはミスリルですね」

「全部ミスリルでできているの？」

伝説の金属の大盤振る舞いだ。

「いえ、アダマンタイトと、あと一番脆い関節部にはオリハルコンが組み込まれています」

伝説の金属の目白押しだった。

一体いくらの値段が付くのだろう？

「古代の守護兵か……さすがに壊れていることを願いたいが」

「近付いて確かめるのは怖いでござるな。ここは引き返すが吉でござる」

兄さんとダンゾウが弱気なことを言う。

そっか、二人は直接あれを見たわけじゃないんだ。

「ねぇ、クルト。採掘、お願いできる？」

「わかりました。ゴブリン戦ではなにもできませんでしたから、このくらいはお手伝いさせていただきます！」

いや、クルトは魔力銃で十分戦力になったけどね。

クルトは携帯用の鉄ピッケルを持って、たったたっとミスリルゴーレムに向かっていく。

「おい、クルト！」

「無茶でござる」

「兄さんもダンゾウも黙って見てて」

私は知っている。

ゴーレムを相手にするクルトがどれだけ凄いのかを。

「…………」

マーレフィスが、しかめっ面でクルトの背を見守る。

「マーレフィスさん？」

「一応、ミミコ……様から話は伺っていますが、大丈夫なのですか？」

「信じなくても、見ていればわかるよ」

そして、それは起こった。

動き出したミスリルゴーレムは、その重そうな拳を前に繰り出すが、クルトは軽くジャンプしてその腕の上に飛び乗る。そして、ピッケルを薙《な》ぎ払うように振るうと、こてんとミスリルゴーレムの首がもげて、動かなくなった。

クルトはさらに、持ち運びしやすくするために、肩の関節部にピッケルを打ち込み、ゴーレムをバラバラに解体していく。

ただの鉄のピッケルで。

そんなクルトを見て、兄さんとダンゾウが呆然《ぼうぜん》と呟く。

「あれが本当にクルトなのか？」

「歴戦の猛者《もさ》かと思ったでござる」

うん、驚くのも無理はないよね。

私だって、アイアンドラゴンゴーレムとクルトが戦う時の姿を見ていなかったら、二人と同じことになっていたと思う。

「クルトがゴーレム相手にはこれほどまで……」

「クルトは凄いのよ。戦闘だけじゃなく、ううん、戦闘以外は超一流。料理も指導も裁縫《さいほう》も建築も」

「そして、武具のメンテナンスも……ですわね」

マーレフィスは自分のユニコーンの角杖を見て言った。

「私たちはそれに気付かず……いいえ、隠されていたのですわね。バンダナに」

怒っているのか、彼女が杖を握る手は震えていた。

「たとえ隠されていたとしても、あなたたちがちゃんとクルトと向き合っていれば、気付けたはずだと思いますよ」

私はそう言った。

さて、あんなゴーレムが守っていた部屋だ。

いったい何が隠されているのか。

今から楽しみだ。

◇　◆　◇　◆　◇

「何も見つかりませんわよ、ユーリさん」

「まぁ、そう簡単に見つかるとは思っていなかったけど……」

山頂近くにあった私――ユーリシアの祖母の家で、いろんな本などを見ているが、リーゼの言う通り、バンダナが示した手がかりはなにも見つからなかった。

あるのは、なんてことはない薬に関する資料だけだ。

「うーん、ユーリシアちゃんのお祖母ちゃんの噂は王都にも残っていたけど、とても優秀な薬師だったという以外は特に記録がないのよね。エレメント氏族会とのつながりも、その薬を買い求めるためだったんだろうってファントムの調査結果で推測していたし」

ミミコが首を傾げながらそう言うので、私は目を見開く。

「お前、そんなこと調べてたのか？」

「そりゃ王家直属の冒険者になるような人間だもの。身元調査くらいちゃんとしておくよ。言っておくけど、信用できないからじゃなくて、信用するための調査だからね。気を悪くしないで」

「そんなことで怒ったりはしないが、ちゃんと教えてほしかったよ」

まぁ、「じゃあ、これからユーリシアちゃんのこと、身内とか全部含めて調べるから」って言われても困るけれど。

「ていうか、私がエレメント氏族の人間だって気付いていたのなら、なんで雇ってくれたんだ？」

「そりゃ、ユーリシアちゃんってからかったら面白い反応を――ごほん、ユーリシアちゃんがいい子だったからだよ」

こいつ、私をからかって遊んでいたと自白しやがった。

くそっ、あの時はミミコの奴を本気でいい奴だと信じていろいろと相談に乗ってもらってたからな。そのせいでいろいろと騙されて酷い目にあったこともあるけど。

たとえば、クルトの前で裸《はだか》になったこととか。

あれは今思い出しても黒歴史だ。

そんな私を尻目《しりめ》に、ミミコは顎《あご》に手を当てる。

「……これ、本当に何もないんじゃない？」

「そうかもしれないが、妙なんだよな。祖母ちゃんはかなり筆まめで、私も手紙のやり取りを結構していたんだが、その手紙が一通も残ってないんだ」

「お祖母様が全部捨てたんじゃありませんの？」

「だとしたら孫としては泣けるな、愛されていたと思うんだけど。リーゼだってクルトから手紙をもらったら捨てたりしない――」

「枕元《まくらもと》に置いて毎日匂いを嗅《か》ぎますわ！」

予想の斜め上の反応――いや、ある意味予想通りの反応が来たな。

紙とインクの香りしかしないと思うぞ。

ちなみに、祖母のベッドの枕元にも手紙はない。

無駄足だったかと思ったその時だった。

「ユーリママ、したにおへやあるの」

アクリが床下に何かを発見した。

遺跡の時もそうだったが、アクリは転移の力があるためか、広い空間があることを認識できる。

隠し階段があるのか。

「どうする？　床板を剥《は》がす？」

「いや、下手に壊したくないな。アクリ、私をその地下に飛ばすことはできるか？」

「ユーリママだけ？　うん、できるの」

「ああ。下からなら開けられるんじゃないかって思ってな。無理だったら仕方ない、雪華で天井を斬《き》って出るから、みんなは私が転移されたら隣の部屋に出てくれ」

私はそう言ってランタンに火を灯し、以前クルトに作ってもらったガスマスクを装着した。

便利そうなので持ち歩いていた。

長年使われていない地下なら、変なガスが溜《た》まっているかもしれないからな。

「じゃあ、とばすの」

アクリが私に触れた。

直後、急に闇に包まれる。

ランタンの灯りがなかったらやばかったな。

階段のようなものは見当たらない。

どうやってここから出たらいいのかと思っていたら、金属の棒があった。先はフックのようになっている。

その形状を見て、私は天井を調べた。

やはり、棒の先端と同じようなフックがぶら下がっている場所を見つけた。天井が階段に変形する仕掛けなのだろう。

「おーい、いまから階段をセットするから部屋から出てくれ」

聞こえているかどうかはわからないが、私はマスク越しにそう声を上げた。

しばらく待ち、金属の棒の先端を天井のフックにひっかけて引っ張る。

すると、天井が動き、二つにスライドし、完全に床まで下りたところで踏板《ふみいた》が現れた。

けっこう凝った仕掛けに、私は思わず口笛を吹く。

階段を上っていき、マスクを外した。

「ユーリさん、下の様子はどうでしたの？」

隣の部屋から戻ってきたリーゼが尋ねてくる。

「よく見ていないが、書斎《しょさい》っぽいよ。とりあえず換気が必要だな」

「淀《よど》んだ空気は下に溜まるっていうからね。私が換気するよ」

ミミコはそう言って携帯用の杖を構え、風魔法で気流を生み出し、空気の浄化を行った。

さすがは宮廷魔術師、この程度は余裕ってところかな。

私はガスマスクを鞄にしまい、最初に降りる。

次にミミコが続き、リーゼがアクリの方を見る。

「アクリは階段は危ないから、ママと一緒に行きましょうね」

「だいじょーぶなの！」

アクリはそう言うと、自分の身体を大きくした。

「これなら階段も大丈夫なの」

私たちと同い年くらいの見た目に成長したアクリを見て、子供の成長って一瞬なんだ……とかため息をつきつつ、書斎を調べる。

「あった、これ、私が祖母ちゃんに出した手紙だ」

書斎のテーブルの上にはレターケースがあり、私から送られてきた手紙がしっかり保存されていた。

捨てられていなかったんだと少し安心する。

「この本はユーリシアちゃんのお祖母ちゃんが書いた本かな？　結構しっかりした内容で、これだけでも価値は十分にあるよ。というより、工房主《アトリエマイスター》としても推薦《すいせん》できるレベルだね」

ミミコがパラパラと本を捲ってそんな感想を言った。

「え？　そんなに凄いのか？」

「クルトちゃんほどじゃないけどね。生きている間にお会いしたかったなって思うよ」

ミミコがそこまで他人を手放しでほめるのは珍《めずら》しい。

でも、私が知りたいのはそこじゃない。

「これは実際に使われていた薬でしょうか？　さすがに見ただけでは判断できませんわね。あ、アクリ、それは危ないから触ったらダメよ」

「大丈夫だよ、リーゼママ。もうアクリは大人なんだから」

リーゼが薬を触ろうとしたアクリに注意を呼び掛けるが、アクリは大人宣言をして薬を調べる。

まぁ、ミミコより大人に見えるのは間違いないけれど。

と、私はケースに入っていない手紙を確認した。

「これはエレメント氏族会からの手紙……封筒の中は空っぽか」

「本当に知られたくない手紙は燃やしたりしているのかもね」

「かもしれないな。あ、これは中身があるようだぞ」

私はその手紙の差出人の名前を見た。

「おい、リーゼ。この差出人の名前っ！」

「どうしましたの、ユーリさん。そんな大声を上げ……え？」

リーゼもその名前を見て驚き、固まった。

無理もない。

だって、そこに書かれていた名前は――

「ユーリシアちゃん、その手紙――まさか」

「ミミコも気付いたか。あぁ、これの差出人は、フランソワーズ・グルマク。リーゼの母親の名前だよ」

見た感じ、かなり古い手紙だ。

フランソワーズ・ホムーロスではなく、フランソワーズ・グルマクということは、グルマク帝国からこの国に嫁《とつ》いでくる前の手紙なのかもしれない。

「フランソワーズ様からの手紙……ユーリシアちゃん、内容は？」

「待て、今確認する」

私は封筒の中から手紙を取り出して、読み上げた。

「『キャホー！　ハンナさん、今度ホムーロス王国に嫁ぐことになったから、手紙を送るのが楽になるね！』……ってなんだこりゃ」

「あ、うん。フランソワーズ様の手紙に間違いないよ」

「お母さまはこういうお方ですから不思議ではありませんわ」

「え？　こういうものなの？」

会ったことがないとはいえ、私が持っていたフランソワーズ様のイメージとは大違いだ。いや、ぶっ飛んでいるという点では、リーゼの母親らしいか。

私は手紙を読み進めた。

『この前作ってくれたお肌に艶が出る薬、使い心地とってもよかったよ。そうそう、魔領の方で動きがあって、老帝と獣王の間で戦いが起こっているみたい。しばらく大賢者様はそっちに付きっ切りになるのかな』」

老帝と獣王？

それって、魔族の四大魔王だよな。

老帝というのはヒルデガルドのことで、獣王というのは伝承によるとかなりの武闘派の魔王らしい。そんなやつと戦えるって、ヒルデガルドもかなり強い魔王ということなのか。

それより気になるのは、大賢者という言葉だ。

王宮にも賢者と呼ばれる人間はいるが、魔領に付きっ切りになっているような人はいなかった。

というより、魔領の出来事を正確に把握《はあく》できる人間なんて私は知らない。

私はさらに手紙を読み進めようとし、思わず目を疑った。

「ユーリさん、どうしましたのっ⁉」

「い、いや……読むぞ。『そういえば、ハスト村の件、あと二十年以内に起こるよね。お互い大賢者の弟子として、その件についてはお会いしてお話ししましょ』と、ここで手紙は終わってる」

「ハスト村って、クルトちゃんの故郷の村よね。シーン山脈にあるっていう」

「あぁ……村人全員普通じゃない村だな。いや、二十年前だったら、引っ越す前だったからシーン山脈にはないのか」

クルトが住んでいた村は、数十年単位で村ごと引っ越しを行うらしい。

シーン山脈に引っ越してきたのはクルトが生まれてからだったそうだから、二十年前にハスト村があったのは別の場所のはずだ。

「大賢者の弟子？　二人はお弟子さんなの？」

アクリが尋ねた。

「つまり、フランソワーズ様とユーリシアちゃんのお祖母ちゃんが関係を持っているのは、その大賢者繋がりってことで間違いなさそうね。バンダナが言う依頼人っていうのも、もしかしたらそこに繋がっているのかもしれない」

「結局、推測しかできないが、バンダナにハスト村、うちのお祖母ちゃんに、フランソワーズ王妃、そして魔領……点と点が線で繋がってきたはずなのに、解決の糸口が見えるどころか混沌《こんとん》と化しているのはいったいなんでなんだよ」

本当にわけがわからない。

結局、それ以上は手がかりが見つからず、私たちは工房に戻ることにした。

アクリは大人の姿でいるとエネルギーを消耗《しょうもう》するらしく、帰る途中に子供の姿に戻り、私の背中で涎《よだれ》を垂らして眠っている。

あとで服を洗わないとね。

サマエラ市から転移結晶を使ってヴァルハに戻り、工房に着いた時には、もう夜になっていた。

クルトたちは先に帰っていたらしく、私はシーナから事情を聴くことにした。

最初にクルトから話を聞いたら、クルトの非常識に、驚きを堪《こら》えるのが大変そうだから。

「――ゴブリンキングの魔力銃による撃破、ミスリルゴーレムの単騎撃破……どこの英雄譚《えいゆうたん》って感じだね」

「さすがはクルト様ですわ」

「オークロードにトレントキング、最後にドリアードも倒しているクルトちゃんなんだから、そこは仕方ないよ」

私はため息をつき、リーゼは目を輝かせて褒《ほ》め讃《たた》え、ミミコは考えるのを諦《あきら》めているようだ。

「それで、研究所にはなにがあったんだ？」

「古代人の白骨死体と、朽ちた寝床、あとエメラルド板。どうも倉庫――ラピタル文明の遺跡に保管していた物の一覧らしいです」

シーナはそのエメラルド板に書かれていたという品物のリストを翻訳《ほんやく》して書き写した紙をミミコに渡した。

ミミコはその紙を見て頷く。

「間違いない。工房主《アトリエマイスター》ヴィトゥキントが発明したとされる商品全てと酷似《こくじ》しているね。彼は自分で発明したんじゃなく、ここで盗んだものの複製品を作っていたんだ」

ミミコはそう言いながら、細かい部分までチェックしていく。

変わった物が多いな。

チェックしているのはすでに複製された商品ってことか。

魔道具になっていないのも結構あるな。魔力を流すことにより、硬さや触り心地、色、さらには液体か固体かまで変化する素材というのはかなり気になる。毛髪から魂の情報を読み取る道具ってのはなんなんだ？

「複製品か。まぁ、素人《しろうと》ならそう簡単に複製品なんて作れないけどね。どうする？　ヴィトゥキントにこれを叩きつけるかい？」

「残念だけど、それはできないかな。今のところ、クルトちゃんにしか古代文字の解読ができていないの。一応解読方法は教わったけれど、それでもすぐにできるものじゃなくて、エメラルド板に書かれているリストがこのリストだと証明できないのよね」

「証拠があっても、証拠の証明ができないってことか」

私の言葉に、ミミコが頷く。

「相手がイザドーラの弟だってのも厄介よね。ファントムを動かして調査して、万が一のことがあったら、私やリーゼロッテ様の立場が悪くなるもの」

「ヴィトゥキントだけでも厄介だろ。転移石も転移結晶も、あいつの工房の独占技術だからな。今でも転移石を設置してもらおうと、百を超える町の長《おさ》が賄賂《わいろ》を贈ってるって話だ。彼が声をかければ、その百の町が全部敵に回るかもしれん」

「それなら、工房に雑用係として入って調査するのはどうでしょう？」

「いや、工房の雑用係って、言うのは簡単だが、誰でも入れるものじゃないだろ……ってクルトっ!?」

いつの間に？

「すみません、夕食の準備ができたから呼びにきたのですが、皆さん話に夢中でしたので。それで、どうでしょうか？　僕が雑用係として工房に入って、ヴィトゥキント様の調査をするというのは？」

たしかに、クルトの情報はできる限り広がらないようにしてきた。

しかし、今はリクルトの町で学校の先生をしたり、武道大会に女装して出場したり、ファンクラブまで設立されたりと、かなり目立った動きはしているから、もしかすると警戒されてしまうかもしれない。

「クルト様にそんな危ないことはさせられません。ここは私が潜入《せんにゅう》を――」

「させられるわけないだろ！」

私はリーゼの頭に手刀を当てる。

自分が王女という自覚が全然足りていない。

かといって、私が潜入しても、護衛としてしか使われないだろう。

護衛の主な仕事は外出時、工房内の深いところまで調べることはできない。

ファントムも、やはりバレた時のリスクが大きすぎるので動かせないし、本当にクルトしか潜入できなさそうな気がする。

「よし、ヴィトゥキントのことは忘れよう！　私たちが関わる義務はないじゃないか」

「そうですわね。無理して解決する必要はありませんわ。別に高次元に転移する必要もありませんし」

リーゼも私の意見に賛成した。

ミミコは何も言わないが、事情が事情だけに納得している。

「それに、ヒルデガルドがいつ来るかわからないんだろ？　クルトが長い間留守をするわけにもいかないじゃないか」

「……そうですね」

クルトはなにか言いたそうな顔をしていたが、私たちの言葉に納得してそれ以上何も言わなかった。

これでいいんだ。

そもそも、クルトは工房主《アトリエマイスター》、私は冒険者、リーゼはこの町の太守。

工房主《アトリエマイスター》の不正を暴くのが仕事というわけではない。

ミミコあたりは仕事に関わりがありそうだが、彼女にも立場がある。

誰も動かないのが吉なんだ。

それより、大賢者とフランソワーズ様について調べたほうがいいだろう。

それで全てが収まった――かに思えた。

「つまり、あなたたちはクルのことを信用できないということですわね」

丸く収まりかけた話をぶち壊すようにそう言いながら現れたのは、一人の法術師――マーレフィスだった。

彼女はなぜか、瓶詰《びんづ》めしたワインを直接飲んでいる。

「マーレフィスさん」

「信用していないってどういうことだい？」

クルトの言葉に続いて私が問いかけるが、マーレフィスはそれには答えず飄々《ひょうひょう》と言葉を続ける。

「別に調査をする必要はありません。ただ、工房で雑用係をしながら、偶然何かを見つけたら、それを報告すればいいだけでしょう」

「だから、それが危険だって」

「あなたは、もしも自分がクルの立場だったらどうします？　雑用の才能があって、顔を知られていなければ、潜入していたのではありませんか？」

「それはそうだが、でもそれは私がいろいろと経験を積んで――」

「クルはクビになった雑用係とはいえ、『炎の竜牙』のメンバーです。修羅場を潜り抜けた数は、私と一緒にいた一年間だけでも両手の指では数えきれません。クルなら潜入調査くらい成し遂げてみせますわ」

いったい、この女はなにを考えてるんだ？

ミミコから聞いた話だと、彼女はずっとクルトを見下す発言ばかりしていた。

なのに、なぜここでクルトをここまで持ち上げる？

「マーレフィスさん、僕のことをそんな風に思っていてくれたんですか」

「当然ですわ。クル、あなたは大切な仲間ですから」

マーレフィスはそう言ってクルトに微笑《ほほえ》みかける。

この女、絶対なにか企んでるだろ。

「僕、やります！　マーレフィスさんの言う通り、無茶はしません！　潜入調査になるかはわかりませんし、本当に雇ってもらえるかはわかりませんが――」

はぁ、こうなったらクルトは止まらない。

しかし、クルト一人で行かせてなにかあったら困るし。

もう一人、工房に雇われても不自然じゃない誰かも送り込みたいな。

◇◆◇◆◇

私——ヒルデガルドは、魔領の中心にある中立都市バビロン、その大会議場の一室でため息をついた。

この世界の西半分は、魔領と呼ばれている。

魔族が住む領域だからと人間が呼び始めたのだが、実際には人間も住んでいる。

だから、あくまでも四人の魔王によって支配されている領域と表現した方が正しいだろう。

四人の魔王は以下の通り。

魔神王。多くの魔物を支配し操る魔王。魔王の中で最も強大な力を持っていると言われている。チッチによって殺された《脚本家《スクリプター》》の主でもある。

獣王。獣魔人の王。魔族にもかかわらず魔力はほとんど持たないが、その身体能力は比肩する者がいないと言われている。王としての資質に優れ、魔領の中でも一番の領土を持つ。

魔竜皇《まりゅうこう》。竜種から進化した竜人族の末裔《まつえい》で、多くの竜種を従えている。基本的には周囲と関係を持とうとはせず、自ら戦端を開くことはない。

老帝。これは私——ヒルデガルドの呼び名だ。平均寿命が三百歳と言われる魔族の中で、千二百年も生き続けている。その間に培《つちか》ってきた知識と魔力は、他の魔王を凌駕《りょうが》している自信がある。

そんな魔王が一堂に会するヴァルプルギスナハトが、今日、開催される。

本当なら、クルトをすぐにでもハスト村のあった場所に案内するはずだったのに、予定が狂った。

それにしてもクルトの奴。あいつのせいで私がこんなに苦労しているというのに、女の子たちと仲良くなって、しかも大精霊を娘になんてして、なに一人楽しくやってるのよ。

そう思うと段々と腹が立ってきた。

「……問題、無い？」

そんな様子を見て、私の護衛をしているソルフレアが尋ねてきた。

「大丈夫よ、ソルフレア。ちょっとイラっとしたことがあっただけ」

「獣王、来た」

「そう……通して」

私がそう言うと、ソルフレアは扉を開けて出ていく。

しばらく待っていると、その男は現れた。

身長二メートルを超える、白虎《びゃっこ》の耳を持つ隻腕《せきわん》の獣魔人、獣王ケルトス。

魔王の中では最も魔力が少なく、そして最も肉体的に優れている者である。

「久しいな、老帝よ」

「あら、よくも呑気《のんき》に挨拶《あいさつ》できたものね、獣王。私を魔神王に売り払っておいて」

二十年前、獣王ケルトスは私の領地に単身で訪れ、私に一騎打ちを申し込んできた。魔王が魔王に一騎打ちを申し込むことなどまずありえない。ましてや、その一騎打ちを受けることなどさらにあり得ない。

だが、私はその一騎打ちを受けた。

獣王の覚悟に敬意を表したのだ。

そして、その一騎打ちは十五年も続き、獣王は片腕を失い、私は隙を突かれて魔神王に身柄を拘束され、捕虜《ほりょ》となった。

その戦いについて、いまさらどうこう言うつもりはない。

獣王が魔神王と手を組んでいたことなどわかりきっていたことだし。

ただ、そのせいで部下たちを奔走《ほんそう》させて迷惑をかけたことについては申し訳なく思っている。

「それで、魔神王には見返りに何を貰ったのかしら？」

「捕虜となっていた妻と部下、計十名と交換した」

「あら、素直に言うのね」

「いまさら黙秘《もくひ》の意味もあるまい。それに、我輩《わがはい》の覚悟に付き合ってもらった礼でもある」

「礼ならその右腕で十分よ。義手の使い心地はどうなの？」

「これはよくない。ミスリルでできているが、どうも慣れない」

獣王はそう言って右手を開いて閉じてを繰り返した。

見ているだけでは不安定な部分を感じないが、しかし本人にしかわからない違和感があるのだろう。

そして、その違和感は戦闘時には致命傷となりうる。

「……しかし、なぜ解放されたのだ？」

「解放されたっていうより、利用価値が無くなっただけみたい。私が持っている情報というのはほとんどなかったから。まぁ、それでも再利用はされたみたいだけど」

「どういうことだ？」

「さぁね」

私はそう言って笑みを浮かべた。

魔神王が求めていたのは、ハスト村に関する情報だった。

なぜ奴が村のことを知っているのか、なぜその情報を求めていたのかは今も不明だ。

しかしその時の私は、クルトが生きているということも知らず、ただ、ある日突然村が消えていたということしか知らなかった。

そのため私に価値がないと見た魔神王は、部下――《脚本家《スクリプター》》に、計画に使う許可を出した。

魔神王は、老帝としてのヒルデガルドにはなんの興味もなかったのだ。

「それより、獣王。今回の議題、何について知っている？」

「魔神王が戦争の準備を始めているらしい。人領に攻め入るのだろう」

「なるほどね」

たしかにここ最近、魔神王の動きは目立っている。

戦争の準備となると、人間の領地に攻め込むのだろう。

なぜ進行先が他の魔王の領地ではないと断言するかと言えば、魔王相手に戦争をするのに、ヴァルプルギスナハトを開く必要はないからだ。

ヴァルプルギスナハトの始まりは、五百年前のこと。

私、魔神王、そして魔竜皇の三人の争いが長く続いていたのだが、いつまでも続く争いに終止符をうつため、休戦協定を結んだ。

そして、魔王同士で話し合う必要がある場合、ヴァルプルギスナハトが開かれる決まりができた。

ここで決められる議題は四つ。

新たな魔王の承認、魔王の称号の剥奪《はくだつ》、人領への開戦、その他、魔王間での話し合いが必要と考えられる事柄である。

その他といっても、実際のところ、それを理由にヴァルプルギスナハトが開かれたことはない。

ヴァルプルギスナハトで過去に決まったことは、人領への戦争が三回。魔王の承認が二回。そして、死霊《しりょう》の王と呼ばれていた魔王の称号の剥奪が一回の計六回である。

魔王の称号を剥奪する際は、対象の魔王以外全員の承諾が必要であることから、獣王が本当に何も知らないのであれば、今回の議題がそれということはない。

獣王が嘘をついている可能性もあるが、さっきの態度を見る限りそれはないだろう。

新たな魔王になりうる存在についての情報も、今のところはない。

つまりは人領への開戦が最も濃厚だろう。

「相手はホムーロス？　それともコスキートかしら？」

「さぁ。どちらにせよ、私は一方的な虐殺《ぎゃくさつ》にならない限りは賛成するつもりだ」

「あなたはそうでしょうね。きっと魔竜皇も反対はしないわ」

ホムーロス王国との戦争が始まれば、クルトがいる町がホムーロス王国にとって最前線になる。

心配ではあるが、あの王女が一緒にいるのならきっとクルトのことを守ってくれるだろう。いざとなれば魔領に避難させればいい。

そんなことより、早くクルトをハスト村のあった場所に連れて行きたいのに……さっさとヴァルプルギスナハトを終わらせないと。

第2話　潜入、ヴィトゥキント工房

「どぼじでわだじなんでずがぁぁぁっ！」

私、ユーリシアの前で、泣いているせいで何を言ってるかわからない少女が、掠《かす》れた声を上げた。

隣にいるクルトが申し訳なさそうにしているから、泣かないでほしい。

クルトと一緒に工房の雑用係として雇われてもおかしくない者といえば、同じく工房でお手伝いをした経験がある者。

そういうことで、私たちは工房主《アトリエマイスター》オフィリアさんに、現在はミミコカフェで働いているエルフ――ミシェルをクルトに同行させられないかと頼んだのだ。

すると二つ返事で了解を貰えた――ただし、本人の同意を得ずに。

それで本人に伝えたところ、こうして泣かれているというわけだ。

無理を言っているのは百も承知。

普通にお手伝いをしていた女の子（私より遥かに年上らしいけど）にいきなり潜入任務をしろなんて言っているのだから。

しかし彼女以上の適任者は他にいなかった。

「落ち着きなさい。ミシェル、あなたは私の工房をリストラされて、ヴィトゥキントのところに行く……そうだな、リストラになった理由は、出向先のミミコカフェの厨房《ちゅうぼう》を、僅か数週間でゴミ部屋にしたこととしましょう」

「ぎくっ」

ミシェルが涙の代わりに汗を流しながら後ずさる。

どうやら、本当に片付けが苦手らしい。

「……本当にクビにしないですよね、オフィリア様」

「しないわよ。ちゃんと言うことを聞いてくれたら」

「聞きます！　頑張ります！」

オフィリアさんにリストラされるのが余程嫌なのか、ミシェルはようやくやると言ってくれた。

「あと、全部終わったら厨房の片付けをしなさい」

「……片付け……クルトさんっ！　お願い、仕事が終わったら手伝って！」

「はい。僕のせいでご迷惑をかけてしまうんですから、お部屋の片付けくらい手伝いますよ」

「ありがとう、クルトさんっ！」

◇　◆　◇　◆　◇

こうして、僕――クルトは、ミシェルさんと一緒に、ヴィトゥキント工房に潜入する為の準備を始めた。

まずミミコさんが、ヴィトゥキント工房について一通り調査を行った。

これは、工房の運用が正しく行われているかどうかの国による定期調査を前倒しで行っただけなので、特に怪しまれるようなことはないはずらしい。

そして一カ月後、僕とミシェルさんは、ハロハロワークステーションからの紹介でヴィトゥキントの工房の雑用係の面接を受けることになった。

雑用とはいえ、工房で働くにはかなりの資格がいるそうだけど、僕たちはそれぞれリクト様、オフィリア様の工房で働いていた実績があるお陰で、紹介するための要件を満たしていた。

ホムーロス王国内のヴィトゥキント工房は、王族直轄地の温泉郷エトナの郊外にあるらしい。

多くの人がリゾートに訪れる場所だ。

今回エトナにやって来たのは、僕、ミシェルさん、リーゼさん、ユーリシアさん、ミミコさん、アクリの六人。

温泉宿を借りていて、僕とミシェルさんは、昼間は工房で働き、夜は宿に戻ることになっている。

この宿、本来は王族かその縁《ゆかり》の人間しか泊まれないらしいんだけど、宮廷魔術師のミミコさんがいるから泊まれるのかな？

そんな宿を出て、僕とミスティさんは温泉街を歩いていた。

「私も温泉に浸かりたかったな」

「ごめんなさい、ミシェルさん。僕のせいで」

「あ、ごめんなさい、クルトさんは全然悪くないです」

「いえ、僕のせいですごめんなさい」

最初に会った時のようにお互い何度も謝りながら、僕たちはヴィトゥキント工房についた。

「立派な家ですね」

リクト様の工房の倍くらいの大きさかな？

タイコーン辺境伯様のお屋敷よりは小さいけれど、それでもかなり大きい。

「本当ですねぇ。オフィリア様の工房より遥かに大きいです」

「オフィリア様の工房は普通の家みたいな外観でしたからね」

アトリエヴィトゥキントという看板があるから、ここで間違いないだろう。

「君たち、なんの用だい？　ここは関係者以外立ち入り禁止だよ」

門番の男性が僕たちに声をかけた。

「すみません。僕たちハロハロワークステーションの紹介で、仕事の面接に伺いました」

「私もです」

「失礼しました。名前を伺ってもよろしいですか？　それと身分を証明できるものをお願いします」

「クルト・ロックハンスです」

「ミシェル・ララカッタです」

名前を言って、僕は士爵のブローチを、ミシェルさんは薬師ギルドの登録証をそれぞれ差し出す。

門番はそれを確認すると、門を開けた。

「お話は伺っています。どうぞお通りください」

門を抜け、いよいよ工房に入る。

緊張して足が震えてきたよ。

こんなことを思ったら申し訳ないけれど、ミシェルさんがついてきてくれてよかった。彼女はこう見えて八十歳らしいし、いろんな場所に行っているから、こんな場所にも慣れて――

横を見ると、ミシェルさんは全身震えていた。

「……僕がしっかりしないといけないな」

小さく呟く。

これは責任重大だ。


扉を開いたところで、ドサドサドサと、何かが崩れるような音と、「誰か助けてぇ」という男の人の声が聞こえてきた。

声がした方に急いで向かうと、そこは大量の本が置かれている部屋だった。

書庫のようだけれども本棚はない。全て山積みにされていて、僕の身長より高い場所もあるくらいだ。

そしてその一部が崩れて、山になっている。

「誰かいますかっ！」

「こっちだよ、助けて」

そんな声と共に、山の中から手だけが出てきた。

僕とミシェルさんは急いで本の山を掘り起こす。

本の下から現れたのは、緑色の髪に白い肌の男性だった。

「いやぁ、助かったよ」

その男の人は、落ちていた眼鏡を拾うと、改めて僕たちの顔を見て目を見開いた。

「うわっ、誰っ⁉　強盗⁉　お金なら――」

彼は白衣のポケットに手を突っ込み、なにもなかったのか今度はズボンのポケットを探り……

「すみません、今はこれしかありません」

と、銅貨三枚を取り出した。本当に強盗だったら逆上して殴りかかりそうな額だ。

「違います、強盗じゃありません。僕たちはここに面接に来たんです」

「え？　あぁ、そうだった。今日はハロハロワークステーションさんに紹介された人の面接の日だったっけ。すっかり忘れてたよ。じゃあ、一緒に働くんだね」

「はい。まぁ、面接に合格したらですけど」

合格しなかったら一緒に働けない。

「大丈夫だよ。とりあえず今日は仮採用にするから。クルトくんとミシェルちゃん」

「え？」

「自己紹介がまだだったね。僕がヴィトゥキント・アークママです」

「えぇぇえっ!?」

本に埋もれていたこの人が、工房主《アトリエマイスター》ヴィトゥキント様？

想像していた人と全然違う。

遺跡の盗掘をしたっていうから、もっと悪そうな人だと思ったのに。

「も……もしかして、本に埋もれたヴィトゥキント様をどうやって助けるかという試験だったんですか？」

ミシェルさんが恐る恐る尋ねた。

緊急時にどのように人が動くか、それを確かめるための自作自演の事故だった？

そう思ったら、僕たちが訪れるなりこんな事故が発生し、しかもいまだに誰も駆けつけていない理由も頷ける。

そうか、これが面接だったのか。

「ううん、これはただの事故」

納得し、感心したのにすぐに否定された。

「じゃあ、職場を案内しようかな」

ヴィトゥキント様はそう言って工房内を案内してくれた。

一階は応接室と書庫、食堂、厨房、門番の詰め所があり、地下は倉庫。

二階は製作部と呼ばれ、二十人以上の人が、魔道具の部品を一心不乱に作ったり、それらを組み立てたりしている。

三階は寝所。

僕たちは住み込みではないので、ここで寝ることはない。

四階は研究室になっているが、そこは立ち入り禁止だそうだ。

改めて僕たちは一階の本だらけの部屋に戻った。

「じゃあ、今日の仕事だけど……これは危険な仕事です。もしかしたら命にかかわるかもしれません」

「えっ⁉」

ミシェルさんが顔を引きつらせて後ずさる。

いきなりあんなことを言われたら、そうなるのは仕方ない。

でも、一体僕たちに何をさせようとしているのか。

「君たちには、これから書庫で薬学に関する本を探してもらいます」

「え？　それだけですか？」

「うん、それだけ」

「もしかして、呪いの本が紛れ込んでいて、開いたら取り憑《つ》かれるとかそういう危険は？」

「ないない」

「だって、命の危険があるって」

「実際、僕はさっき死にかけたから」

ヴィトゥキント様はそう言って笑った。

書庫の整理か。

まぁ、いきなり疑惑の核心に迫るような仕事は割り当てられないよね。

それでも、本を見ればヴィトゥキント様がどんな研究をしているかわかるかもしれない。

「わかりました。薬学に関する本を見つければいいんですね。では、早速取り掛かります」

「うん、頼んだよ。僕は四階にいるから、仕事が終わったらのんびりしてていいよ。それと、あくまでも君たちは仮採用だ。ちゃんと仕事ができないようなら、悪いけど雇うことはできないから。あ、もしそうなっても、今日の分の給料はもちろん支払うから安心してね」

ヴィトゥキント様はそう言って部屋を出た。

これで成果を残せないならクビ、か。

さすがに一日でそんなことになったらみんなに合わせる顔が無い。

よし、頑張らないと。

その時、背後から本が崩れる音が聞こえてきた。

「クルトさん、助けてください！」

そんなミシェルさんの涙声。

……頑張らないと。


そして、二時間が経った。

「どう？　クルトくん、ミシェルちゃん――ってなにこれっ⁉　どういうことっ⁉」

部屋に入ってきたヴィトゥキント様が、驚きの声を上げる。

そこまで驚くことかな？

本を山積みにしていたら傷むし、どこまで整理したかわからなくなるから、さすがに本棚を作らせてもらった。

本が多すぎるから、天井ギリギリまでの高さの本棚をしっかりと固定して置いてある。

これから本が増えることも予想して、一部の本棚は可動式にして、蔵書可能数を確保した。

「なんで本棚があるんだ？　というか、この本棚、どう考えても扉から入る大きさじゃないし。どうやって中に入れたんだい」

「材料を運んできて、中で組み立てさせていただきました」

「完成品を買ってきたんじゃなくて組み立てたっ⁉　本当に君たちが？」

「はい。あ、薬学に関する本は、こちらからこちらになります。あと、こちらが蔵書一覧で、薬学の専門書ではありませんが、チェックを入れた本には、薬学に関する記述があります」

「えっ⁉　あ、この本、ジャンル別に並んでる。この短時間で本棚を組み立てて設置して、ジャンル別に整理したっていうのかいっ⁉」

「はい。ええと、ダメでしたか？」

凄い勢いで聞いてくるヴィトゥキント様に、僕はおどおどと頷く。

やっぱり勝手に本棚を作ったのはよくなかったのかな？

それとも、本棚を作るのなら、盗難防止のために本と本を鎖で結ぶべきだっただろうか？　でもさすがに、そこまでする時間はなかった。

あ、もしかしたら本を平積みにしていることにこだわりを持っている人だったのかもしれない。

だとすると僕がしたことは余計なお世話、大きな減点対象だ。

最悪、全部僕の責任ということにして、ミシェルさんのクビだけは免《まぬが》れないと。

「ダメ……というか、どう言ったらいいのかな。君たち二人でこれを？」

「ひぇっ、これはクルトさんが一人でやったので私はなにも」

ミシェルさんがビクビクと答える。

「二人でやったって言われても信じられないのに、一人でこんな無茶なことできるわけないじゃないか」

まずい、ミシェルさんだけ守ろうと思ってたのに、共犯になってしまう。

どう言い訳したものかと考えていると、少し考え込んでいたヴィトゥキント様が頷いた。

「……うん、二人を本採用させてもらうよ。正直、こういう仕事を頼める人がいなくて困っていたんだよ」

採用！

採用されたっ⁉

思えば、工事現場は三日でクビになり、オフィリア様の工房は一日で仕事が無くなった。リクト様の工房では雑用係をさせてもらっているけれど、それはどちらかといえば、ユーリシアさんとリーゼさんの縁のおかげであって、僕の力でではない。

こうして自分の力が認められて採用されるのは初めてだ。

「やりましたね、ミシェルさん」

「は、はい……私は雇われなくてもよかったですけど」

ミシェルさんは謙虚《けんきょ》だなあ、なんて思いながら、ヴィトゥキント様に頭を下げる。

「ありがとうございます、ヴィトゥキント様！」

「様はいらないよ。僕はそう言う風に呼ばれるほど偉いわけじゃないから。いきなり呼び捨てはクルトくんもきついだろうし、ヴィトゥキントさんって呼んで」

ヴィトゥキント様――ヴィトゥキントさんはそう言った。

本気で自分が偉くないと思っているように見える。

それから僕とミシェルさんは今日一日分の賃金を貰って、工房を出た。

「よかったですね、ミシェルさん。採用してもらって」

「ほとんどクルトさんの力ですけど……私、なにもしていませんよ」

「ミシェルさんはお片付けが苦手ですからね。でもきっと、明日からはミシェルさんに頼りっきりになると思いますよ」

僕ができるのって、家事手伝いレベルの仕事だけだ。

薬だって、ハスト村に伝わる民間療法的な治療薬しか作れない。

それに引き換え、ミシェルさんは、あのオフィリア様が信頼する人だもん。

「そうだ、ミシェルさん。夕食までまだ時間がありますし温泉街を散策しませんか？」

「え？　いいんでしょうか？」

「はい。足湯があるそうですから行ってみましょう」

「足湯ですか⁉　はい、行ってみたいです」

ミシェルさんが賛同したので、足湯に向かった。

どこにでもある通りの端に、足湯で足を温めながらお茶を飲める足湯茶店という店があり、僕たちはそこに入店する。

人気店のようで、僕たちが入ったところで満席となった。

お茶を二杯注文し、テーブルの下の足湯にふくらはぎあたりまで浸かる。

お湯の温度は少し温《ぬる》めだけど、だからこそ長く浸かっていられるのか。

足が温まってきたことで、血液が巡るのに合わせて身体全体がポカポカしていく気がした。

「自分の家以外の場所で素足《はだし》になるって変な気分ですね」

ミシェルさんは靴下《くつした》を脱ぎ、綺麗に畳んで靴の上に置いたあと、湯の中に足を入れている。

「そういえば、クルトさんはタイコーン辺境伯領の領主町にある温泉を知っていますか？　入るのに十年は予約待ちの、とても人気な温泉なんですよ。入るだけで美人になれるとか、いろんな病気が治るとかいう噂があって、奇跡《きせき》の湯って呼ばれているんです」

「そんな温泉があるんですか⁉　知らなかったです」

領主町と言えば、僕も以前温泉を造ったけれど、そんなに人気の出る温泉じゃない。どこの町にでもあるような温泉だ。

そういえば、僕が造ったのは温泉ともう一つあった。

そのことを思い出した時だ。

「この声……クルトさん⁉　クルトさんじゃないですか！」

店の奥から一人の女性が出てきた。

「あ、ルナさん！　どうしてここに？」

その領主町で出会ったルナさんだ。

「ここ、満月饅頭店《まんげつまんじゅうてん》の支店なんです。辺境伯様の領主町は父に任せて、今はここで私と二人の従業員と三人でやっています」

「え？　ここってルナさんのお店だったんですかっ⁉」

凄い、もうこんな立派な店を持つようになったんだ。

目を丸くしている僕に、ミシェルさんが聞いてくる。

「クルトさんのお知り合いですか？」

「はい。タイコーン辺境伯領に行った時にお世話になった人です」

「違います。お世話になったのは私と父です。クルトさんのお陰で料理大会で優勝できたんですから」

僕のお陰なんて言い過ぎだよ。

僕がしたことといえば、温泉を掘って、ポンプでくみ上げて、レシピを提供して、店舗を造り直したくらいなのに。

「今日はアクリちゃんは一緒じゃないんですか？」

「アクリはユーリシアさんと一緒に宿で待ってます。僕は仕事の帰りですね」

「仕事？」

「ヴィトゥキントさんの工房で、今日から働くことになったんです」

「そうなんですか。では、そちらの女の子はご同僚《どうりょう》さんですか？」

「はい、ミシェルっていいます」

「初めまして。あ、こちら店の試供品です。よかったらどうぞ」

ルナさんはそう言って、温泉饅頭を二つくれた。

この温泉饅頭が、僕が温泉の他に作ったもう一つの品だ。

蒸したてのようで、とても温かい。

それに、お茶とよく合う。

なんだか和《なご》むな。

「私も休憩の時間なんで、横にお邪魔していいですか、クルトさん」

「はい。僕もルナさんからいろいろと話を伺いたいので」

こうして、僕はミシェルさんとルナさんと三人で、温泉饅頭を食べながらのんびりと足湯を楽しむことにした。

ユーリシアさん、リーゼさんにはちょっと申し訳ないな。

◇◆◇◆◇

「むむむっ！　これは嫌な予感がします！」

私――リーゼロッテの第六感がビビビっと反応しました。

今は女性四人で、この宿自慢のお風呂に入っているところだったのですが……それどころではありません。これはクルト様のピンチです。

「どうしたんだ、リーゼ。せっかくの温泉なんだ、リラックスしろよ。しかし、王族御用達《ごようたし》の温泉だって聞いていたから期待していたが、少し温《ぬる》いな。私はもっと熱い方が好きなんだけど……まあ、アクリがいるからこれでいいか」

「落ち着いてなんかいられません。クルト様が女性と一緒にいる気配を感じます」

「そりゃ、大きな工房だ。女性の研究員や作業員の一人や二人いるだろ。ミシェルも一緒だし」

「しかし、この感じ、女の子と一緒にお風呂に入っている予感がします」

「それはありえないだろ――アクリ、お風呂の中で泳いだらダメだぞ」

ユーリさんは余裕を見せています……もしかして、胸ですか、胸の差ですか？

胸が大きいから懐《ふところ》も大きいと言いたいのですか？

「リーゼ、なにしてるんだ！　無言で揉《も》むなっ！」

やはり大きくなっていますね。

許せません。

私は全然成長していないというのに。

「まったく、お前はあの時と何も変わっていないな」

あの時……あぁ、あの時のことですか。

私は工房に住み始めた時のことを思い出しました。


——それは工房に身を置くようになってしばらくしたある日、私とユーリさんが工房のお風呂に入っていた時のこと。

「……じぃぃぃぃぃぃ」

「リーゼ、何を見ているんだ？」

「……なんでもありません」

戸惑うユーリさんをよそに、私はその膨れ上がり湯面に浮かぶふたつの山を見つめました。

そして手を組んで、お湯をその山に向かって飛ばします。

「うわっ！　だから何するんだよ」

「それはこちらの台詞ですわっ！」

「なんで逆切れしているんだよっ！」

怒るユーリさん——彼女の胸の谷間にお湯が溜まっていたのです。

それに引き換え、私の胸は……お湯をかけても、さながら立板に水をかけているがごとくさらさらと流れていきました。

まったく、どうしてこの世界はこうも理不尽なのでしょうか。

「風呂に入る時はいつも怒ってるよな、リーゼは。もしかして、風呂嫌いなのか？」

「いいえ、お風呂は大好きです」

私には弱点があります。

それは、実は重度の肩凝り持ちだということです。

というのも、王室の中にいた頃も、工房に身を置いてからも、私の執務は書類仕事でした。

日々机に向かって、書類の整理ばかり。当然、そんなことばかりしていると肩が凝ったのです。

そのため、血行を促し、肩凝りに効くお風呂は私にとってはクルト様との触れあいの次に好きなことでした。

「あぁ、リーゼも肩凝りなのか」

「私も……ということはユーリさんもですか」

……きっと私とは違う理由だったのでしょう。

私はユーリさんが持つふたつの山を見てそう思いました。

「あぁ、そうだったんだけどね、クルトに相談したら簡単に治ったよ」

「クルト様に……ですか？」

クルト様に肩凝りを治して？　それってクルト様に肩を揉んでもらったということですか？

私はそう思いました。

「ああ、戦闘で腰を変な方向に曲げてしまって痛めてね――その時についでに肩もね」

まさか腰まで――そんな、それでは。

『クルト、ちょっと私の腰を揉んでくれないか？』

『いいですよ、ユーリシアさん。ここでいいですか？』

『いや、もう少し下を頼む』

『もう少し下って、この辺ですか？』

『もっと下だ』

『もっとって、あの――ユーリシアさん』

『安心しろ、クルト。ここには私たちしかいないんだ。もっと揉んでくれ』

なんてことを、なんてことをしたというのですか、この人は。

そう思い、私は腹が立ちました。

「は、破廉恥《はれんち》すぎます、ユーリさん」

「なんでだよっ！」

「自分の胸に手を当てて聞いてください！　自分の胸を小さくして聞いてください！」

私がそう言い捨てて脱衣場に行くと、今からお風呂に入ろうとするシーナさんがいらっしゃいました。

「あ、リーゼさん、いま上がったのですか？」

シーナさんが笑顔で声を掛けてきました。

私はシーナさんの胸を見て、彼女の肩を叩きました。

「シーナさん、いつまでも今のあなたでいてくださいね」

「はい？」

私はそう言うと、着替えて脱衣場を出ました。

「なんか失礼なことを言われた気がする」

シーナさんのそんな声が聞こえてきましたが、気にしないことにしました。


「それで、どうして私はここにいるのでしょう？」

「え？　えっと、どうしてでしょう？」

薬品庫で薬の整理をしていたクルト様にも、私の質問の答えはわからなかったようです。

お風呂に入る時間が短かったせいで、肩凝りが治らず、クルト様に肩を揉んでもらえたら嬉しいなと思って、クルト様の匂いを追っていたら、気付けば薬品庫にいました。

「もしかして、どこか怪我をしたのですか？」

「あ、いえ、怪我は――ただちょっと肩……腰が凝ってしまって」

「そうなんですか――ちょっと見せてもらってもいいですか？」

「はい、お願いします」

「では、診療室《しんりょうしつ》に行きましょうか」

クルト様にそう言われ、薬品庫の隣の診療室に行きました——当然、中から施錠《せじょう》するのは忘れません。

そして、ベッドにうつ伏せになりました。

「それでは、クルト様、お願いします」

「はい、リーゼさん。では失礼しますね」

私の服の下に、クルト様の手が入ってきました。

これから、あの魅惑のマッサージの時間が、時間が——

「冷たっ！」

え？

「あ、冷たかったですか？　でももう貼《は》り終わったのでいいですよ」

「あ、あの、これは？」

「僕の湿布《しっぷ》です。予備も渡しておきますね」

「し……湿布？」

「はい。ユーリシアさんにもよく効くって評判なんですよ」

そんな……マッサージはないのですか？

——あの時のことを思い出した私は、ユーリさんを睨みます。

「……ユーリさんが妙なことを言うから誤解してしまったではありませんか」

「後から聞いたが、あれはお前が悪い。でも、お陰で肩凝りは治ったんだろ？」

「ええ、きれいさっぱり治りました！」

「よかったじゃないか。私はまだ時々肩が凝るから困るよ」

「ムキィィっ！」

私はそう叫び、ユーリさんにお湯をかけ、襲いかかります。

「リーゼ様、お風呂の中で騒がないでください。アクリちゃんが真似をしますよ」

ミミコ様にそう言われ、私はユーリさんの胸を揉む手を止めました。

たしかにアクリの教育上よくありませんね。

「はぁ、はぁ……お前な。クルト相手にこんなことしてないだろうな」

「してもよろしいのですか？」

「するなよ、絶対。変態だと思われるぞ」

「クルト様になら変態と思われても受けて立つ所存です」

「何をさせるつもりだ！　変態と思われて何をされたいんだ、お前は」

何って、そんなのアクリが見ている前で言えるわけないではありませんか。

昼間からユーリさんは何をおっしゃっているのでしょう。

「リーゼママ、へんたいなの？」

「いいですか、アクリ。人間というものは多かれ少なかれ変態なのです」

「アクリに変なことを教えるなっ！　少なくとも私は変態じゃない」

「あら？　それではユーリさんの部屋に隠してある、クルミ様のイラストはなんでしょうか？　わざわざ新聞の切り抜きまで用意なさって。そういえばクルト様のファンクラブの会報誌も定期的に届いているようですが」

「なっ……なんのことだか」

ユーリさんの顔が真っ赤になりました。

湯あたりではありませんわね。

まぁ、クルミ様――女装なさったクルト様の美しさは、女性の私が見てもドキドキしますから、そのイラストを保存しているのは別におかしなことではありません。

そんなユーリさんは、話題を逸らすように尋ねてきます。

「しかし、リーゼ。ここに泊まってよかったのか？　王族縁の宿、私としては大歓迎だが、下手したらクルトにお前の正体がバレるぞ」

「仕方ありません。クルト様が単身、悪の工房に乗り込んで」

「単身じゃない。ミシェルのことを忘れるな」

「悪の工房に乗り込んで頑張っていらっしゃるのです。せめて宿泊する場所くらい、リラックスできる場所を用意したいではありませんか」

「で、本音は？」

「ここは一組限定の旅館、温泉も男女分ける必要が無いから混浴だということです」

私が本音を語ると、ユーリさんが頭をはたいてきました。

酷いです、クルト様に寛《くつろ》いでほしいというのも本音ですのに。

ですが、クルト様と温泉。

いいですわね。

なぜか、前来た時よりもお湯の温度が大分温《ぬる》くなっていますから、何時間も一緒に入っていられます。

「あ、そうですわ。せっかく私たちしかいないのですから、ここはクルミ様の幻影を作ってみましょうか？」

私はお風呂でも携帯している胡蝶を取り出し、女装なさったクルト様の幻影を作ることにしました。

ユーリさんが「なんで風呂の中まで短剣を持ってきているんだよ」と仰いますが、護身用です。盗まれたら大変ですし。

クルト様が作った短剣ですから、防水機能は万全で、お風呂に持って入っても問題ありません。

作り出したクルミ様は、バスタオルを巻いて大切な場所は全部隠しています。ミミコ様もいますからね。

「リーゼママ、これ、パパ？」

「そうですわ。綺麗でしょ？」

「パパかわいいの！」

クルミ様の姿はアクリにも好評です。

「これが女装したクルトちゃんか。本当に可愛いね。お化粧《けしょう》しているといっても、女風呂にいてここまで違和感のない男の子は珍しいよ」

「おいおい、いくら貸し切りだからって……よくできてるな」

ユーリさんもクルミ様に目が釘付《くぎづ》けになっています。

「もちろんです。武道大会で目に焼き付けましたから」

「リーゼ、この髪型だけど、髪を解いたりできるか？」

「やってみますわね」

私は幻影を操作し、ツインテールを結んでいた髪を解きます。

つややかな髪の先が湯面に浮かびました。

「あまり見ないでください、ユーラさん」

「――っ!?　悪い、クルミ……ってなにやらせるんだ、リーゼ」

照れる幻影に条件反射で謝ってしまったユーリさんが怒ります。

「ふふふ、あまりにもユーリさんの目がいやらしいから、ついからかってみました」

「むぅ、さわれないの」

アクリはクルミ様の幻影に触ろうとしていますが、残念ながら直接手で触れることはできません。

胡蝶の唯一の弱点ですわね。

いつまでもクルミ様の幻影を出しておくのも申し訳ないので、一度幻影は消すことにします。

本当にクルト様の女装は完璧ですわね。

ユーリさんの男装もそれなりでしたけど。

「そうですわ！　ユーリさん、あなた男装して警備の仕事につくのはどうですか？」

「断る。もう男装はこりごりだ。あれは胸が苦しくてな」

「どうせ私の胸ならサラシを巻かなくても男装できますわよっ！」

「な、そんなこと言ってないだろ！　やめろ、私の胸を揉むなっ！」

「お風呂ではしゃぐとアクリちゃんが真似しますよ、リーゼ様」

「バシャバシャなのっ！」

こうしてにぎやかなお風呂の時間が過ぎていきました。

……クルト様は今頃何をなさっているのでしょうか？

◇　◆　◇　◆　◇

「それじゃ、ルナさんもヴィトゥキントさんに会ったことがあるんですか？」

「はい。私が会ったのはここに来たばかりのことで、一カ月程前ですけれど」

一カ月前といえば、僕たちがヴィトゥキントさんの工房の調査を始めようとしたあたりのことだ。

ルナさんはそんなに前からここに来ていたんだ。

「とても優しい人でしたよね？」

「優しい人……ですか？　そういう印象はなかったですね。とても自信にあふれている感じで、私の温泉饅頭を食べた時も、工房主《アトリエマイスター》の特権を使って並ばずに購入して、『美味いな。行列ができるのも納得だが、これなら僕でも作れそうだ』って笑いながら言っていましたし。あ、今は店も落ち着いて、行列はなくなりましたけど、開店初日は凄い人だったんですよ。さすがはクルトさんのレシピですね」

ルナさんはそう言って笑う。ことあるごとに僕のことをおだてるけれど、僕の力じゃなくてルナさんの頑張りの賜物《たまもの》だと思う。

それにしても、ルナさんの話に出てくるヴィトゥキントさんが、僕が会ったヴィトゥキントさんとは全然印象が違うのが気になった。

僕の知っているヴィトゥキントさんは、工房主《アトリエマイスター》でありながら、自分はあまり偉くないと思っているような人で、工房主《アトリエマイスター》の特権を利用して行列を無視するような人には思えない。

ヴィトゥキントさんの名前を騙《かた》る偽物？

ううん、さすがに工房の近くで偽者が出るとは思えない。

「こんなに美味しいお菓子を、一口食べただけで自分でも作れるなんて、ヴィトゥキントさんは料理が上手なんですね」

試供品の温泉饅頭を食べ終え、さらに追加注文したミシェルさんが感想を呟く。

「そんなに簡単に作れるものじゃないんですよ。レシピがあっても、クルトさんの味にここまで近付けるのに並々ならぬ苦労がありましたから。簡単に再現されたら商売あがったりです。それに、温泉がなければ温泉饅頭は作れませんから！」

ルナさんは自信満々にそう言った。

そこで、店員から呼び出しがかかり、ルナさんは席を外した。店にも列ができ始めたので、僕たちもそろそろ宿に戻ることにしたのだった。


「クルト様とミシェルさんだけですか？　他に女性は一緒じゃなかったのですか？」

宿に戻るなり、リーゼさんはそんなことを言ってきた。

「なんでわかったんですか？　はい。足湯茶店という店に行ったところ、偶然、ルナさんのお店だったらしくて。リーゼさんは会ったことありましたっけ？　ほら、タイコーン辺境伯様の領主町で、温泉饅頭を作っていたお店です」

「おんせんまんじゅーっ⁉」

アクリが嬉しそうに反応した。

あの時はアクリも一緒だった。覚えていたらしい。

「うん、みんなの分もお土産を買ってきたよ」

「わーいなの！」

「ルナさんですか……完全にノーマークでしたが、二度も関わってくるとなると、要注意人物リストに載せておかなければいけませんわね」

「お前以上の要注意人物はいねぇよ」

ユーリシアさんがそう言って、真剣な目で何かをメモするリーゼさんの頭に手刀を入れた。

本当にこの二人は仲がいいな。

僕とユーリシアさん、リーゼさんは三人で話をすることにしたので、ミシェルさんとアクリには、隣の部屋で温泉饅頭を食べていてもらう。

「それで、クルト。面接はどうだったんだ？」

「はい。今日は仮採用された後、書庫の整理をしました。なんとか二人揃って本採用されました」

「書庫の整理か。こりゃまた役不足な仕事を与えられたな。簡単だっただろ？」

たしかにユーリさんの言う通り、本棚を作るくらいだったから簡単ではあった。だけど——

「いえ、それがちょっと妙だったんですよね」

「妙？」

「ヴィトゥキントさんが作ったとされる魔道具って、薬から魔道具まで多岐にわたっていろいろなものがありましたよね。本棚にも、いろいろな本があったんです」

「……？　全然おかしくないじゃないか」

ユーリシアさんが首を傾げる。

「はい、いろいろな本があること自体は全然不自然じゃありません。僕がおかしいと思ったのは、中には専門書とは呼べない入門書や、古すぎて間違った記述ばかり書かれている本もあったことなんです。なんというのか、本の種類を集めることにこだわって、内容にこだわっていない、チグハグな感じがして……工房主《アトリエマイスター》が読む本というにはあまりにもお粗末《そまつ》というか」

まぁ、内容を確認せずに購入して、後で失敗したことに気付いて、捨てられずにいただけかもしれない。

それでも、間違ったことばかり書いている本は、それに気付かない人が読んでしまえば、価値がないどころかマイナスになる。

歴史的価値がある本なら、間違いがあっても、当時の慣習や常識を理解するためにあえて修正を加えない場合もあるが、工房で調べものをするために使う本ならば、置くべきではない。

と、そこでリーゼさんが尋ねてきた。

「待ってください、クルト様が本の整理に費やした時間はどのくらいですか？」

「二時間です」

「その二時間で、本を整理したうえで内容の確認までしたんですか？」

「あ、いえ、最初の数十分は工房近くで木材を買ってきて、軽く炙《あぶ》ったりして木材の強度を高めて、本棚を組み立てるのに時間を使いましたから、本の整理を始めたのはその後ですね」

本の内容を確認したのは整理中だから、特別な時間を使ったわけじゃない。

不思議なことはないよね？

「二時間で本棚を作って整理して……」

「そりゃ採用されるな。不幸中の幸いはミシェルが一緒にいたことか」

「ですわね。さすがにクルト様が一人で全部したとは思わないでしょうから。それでもクルト様の異常性には気付いたと思いますわよ」

あれ？　僕、なにか失敗しちゃったかな？

僕が不安に思っていると、ユーリシアさんは一度頷く。

「うん、まぁ想定の範囲内。いや、上出来だよ。あとでミシェルからも話を聞いてみるが、この分だと問題無さそうだな。クルト、明日からも無理せず、くれぐれも無茶なことはしないで潜入を頑張ってくれ」

そしてそう褒めてくれた。

よかった、変な失敗はしていないようだった。

「あ、それとルナさんから気になる話を聞いたんですが」

僕はルナさんから聞いた話と、僕の印象の違いについて話した。

「……たしかに妙な話ではありますが、人間、誰しも裏の顔を持つものです。真面目そうに見えて、ベッドの枕元に好きな人のイラストを置いている人もいますし」

「清楚《せいそ》そうに見えて、変態妄想ばかりしているお嬢様《じょうさま》もいるしな」

ユーリシアさんとリーゼさんの間に、一瞬火花が散ったような気がした。

「ともかく、クルト様には優しそうな顔を見せる一方で、外では工房主《アトリエマイスター》として横柄《おうへい》な態度を取っていたとしても不思議ではありません。実際、ミミコ様が調べた限りでは、ヴィトゥキントはかなりの自信家だったという話が上がっています」

「そうですか……そういえばミミコさんは？　一緒じゃないんですか？」

「ミミコ様ならマッサージをしてもらっているので今はいません。こういう機会でもないと、王室御用達《ごようたし》のマッサージは受けられないとのことでしたので」

「え？　でもここってミミコさんの力で泊まってるんじゃないんですか？」

「公費で落とせるうちに落としておけってことだ。個人の金で泊まってマッサージを受けようと思えばバカ高いからな」

ユーリシアさんに言われて納得した。

そうだった、これは国の仕事なんだ。

じゃあ、この宿の宿泊費とか食事代とかも全部税金で賄《まかな》われているんだ。

そう思うと、この国に住んでいる全ての人に申し訳ない気持ちになる。

そんな僕に、呆れたようにユーリさんが言った。

「クルト、お前、税金でこんな贅沢《ぜいたく》して悪いと思ってるだろ」

「なんでわかったんですかっ⁉」

「顔に出てた。まったく、お前は遠慮《えんりょ》しすぎだ。お前がそんな落ち着かない顔をしていると、なにもせずに待機している私たちのほうがもっと悪いみたいだろ」

「ごめんなさい」

思わず謝ると、リーゼさんが首を横に振った。

「謝らなくて結構ですわ。そうです、クルト様。温泉がとても気持ちよかったですわよ。これから一緒に――」

「一緒に入るな。とにかく疲れただろ。クルトは部屋でゆっくり休んでな」

「はい、ありがとうございます」

僕はユーリシアさんにお礼を言って、部屋にいった。

すでにベッドメイキングは終わっている。

丁寧な仕事だ。

僕の為に整えられたそのベッドの端に手を添え、そのまま座ろうかと思ったけれど、サイドテーブルの前にある椅子《いす》を引いて座る。

すると次の瞬間、アクリが膝の上に現れた。

「パパ！」

「アクリ、転移して入ってきたの？」

「うん、まんじゅーもってきたの！」

アクリがそう言って、お土産のお饅頭を僕に渡した。

「ありがとう。じゃあもらうね」

アクリから温泉饅頭をもらった。

アクリは自分が渡したそれをじっと見ている。

僕は察して、温泉饅頭を半分に割った。

「ママたちには内緒だよ」

「ありがとーなの！」

アクリが温泉饅頭を半分手に取った。アクリの小さな手に収まるお饅頭は、半分でもかなり大きく見える。

ヒルデガルドちゃんの話では、アクリは人工精霊らしい。

普通の子供ではないのは最初から知っていたけれど、でもこうしてみると、どこにでもいるような普通の子供だよね。

まあ、転移魔法を使えて、大人に変身することもできるけれど。

でも、アクリが誰かに作られたっていうのなら、この子を作った人が本当の親ってことになるのかな？

それはなんか嫌だな。

もうちょっとヒルデガルドちゃんから詳しく聞けばよかったよ。

急いで戻らないといけないっていうから、あの時はそのまま帰ってもらったけれど。

「パパ、たべないの？」

「あ、食べるよ」

僕は半分になった温泉饅頭をさらに割り、二口で食べた。

アクリは小さな口で五回に分けて食べていた。

お風呂は混浴らしいので夜中にこっそり入った。

翌朝、夜明け直後、みんなが寝ているうちに温泉に入ろうと思ったけれど、臨時清掃《りんじせいそう》が行われていた。

昨日、お風呂に入った時に軽く掃除をしたんだけど、臨時清掃用の時間を設けているのなら必要なかったのかな？

みんなで朝ごはんを食べ、リーゼさんたちは買い物に出かけるというので、みんなが出た後、部屋の掃除をささっとしてから僕とミシェルさんは工房に向かった。

僕たちの顔を見た門番さんは、何も言わずに門を開けてくれた。

中に入ると、ヴィトゥキントさんがすぐにやってきて、僕たちを食堂に案内してくれた。

なんで食堂なのだろう？

「来てくれて嬉しいよ。クルトくん、ミシェルちゃん。昨日二人を帰してから、ずっと不安だったんだよ。渡したお金が安すぎたんじゃないか？　書庫の整理みたいな雑用を押し付けたからイヤになってもう来ないんじゃないか？　って。いやぁ、本当によかった。あ、お茶飲む？　昨日はおもてなしもできなかったし」

「お茶なら僕が淹れますよ」

「いやいや、この町の名物のお菓子とお茶があってね。君たちにぜひ味わってもらいたいんだよ」

「この町の名物のお菓子ですか？」

僕の脳裏《のうり》をよぎったのは、昨日のルナさんの話だった。

もしかして――

奥に部屋に行くヴィトゥキントさんを見ながら、僕はある予想を立てる。

そして、それは正しかった。

すぐに戻ってきたヴィトゥキントさんが持っていたのは、温泉饅頭だった。

「これって温泉饅頭ですか？」

ミシェルさんが尋ねた。

「あれ？　知ってるの？」

「はい、昨日足湯茶店というお店でいただきました」

「うわ、そうなの？　しまったな」

「いえ、とても美味しかったのでもう一度食べたいと思っていました」

ミシェルさんはそう言って温泉饅頭を食べたので、僕も一口食べる。

……これは⁉

「どう？　美味しい？」

「はい、とても美味しいです」

「私も美味しいと思います。昨日食べたものよりも美味しい気が――」

「昨日食べたものと全く同じ味がします」

ミシェルさんの言葉を遮るように、僕はそう言った。

「おっ、クルトくん、そう思ってくれる？　うん、全く同じ味を再現したんだ。いやぁ、わかってもらえて嬉しいよ」

子供のように無邪気に喜ぶヴィトゥキントさんの言葉を聞きながら、僕はお茶を飲んだ。

このお茶もまた、昨日飲んだお茶と全く同じ味がした。

ここまで味の再現ができるなんてすごい。

「あ、ちょっと待ってて。お茶のおかわりを淹れてくるから」

ミシェルさんのカップが空っぽになったのを見て、ヴィトゥキントさんがお茶を淹れに席を立つ。

「ヴィトゥキントさん、凄いですね」

「でも、このくらいならクルトさんのほうがもっと美味しいお饅頭を作れるんじゃないですか？　レシピだってクルトさんが提供したんですよね」

「はい。レシピを提供しましたし、たしかに味を上げるだけならもっといろいろと工夫ができます。でも――」

あの店の温泉饅頭は、僕が渡したレシピをそのまま作ったんじゃなくて、ルナさんが独自の工夫を取り入れている。

それはあんこの量だったり、蜜の濃さだったり、蒸す温度だったりいろいろだろう。

それを、ヴィトゥキントさんはたった一度食べただけで再現しているのだ。

「僕でも一度食べただけでまったく同じ味を再現することはできません。仮に作っているところを見ても、そして何日も修業をしても、結局は僅かな個性が出てしまうんです。お茶の味だってそうです」

しかし、これは完全にルナさんが作った温泉饅頭であり、あの店で飲んだお茶だ。

これは料理というよりかは、もはや特殊な技術と言えるだろう。

もっとも、全く同じと言ったが、百パーセント同じというわけではない。正直に言えば、昨日ルナさんからもらった温泉饅頭の方が美味しかった。

それはきっと、ヴィトゥキントさんの温泉饅頭が複製品だからというわけでなく、一カ月前と比べ、ルナさんの温泉饅頭を作る技術が成長したからだろう。

僕が食べている温泉饅頭は、あくまでも一カ月前にルナさんが提供した温泉饅頭なのだ。

「まるで時が止まっている世界のお菓子みたいだ」

僕は手の中に残っている食べかけの温泉饅頭を見て、そう呟いた。

ヴィトゥキントさんが戻ってきて、お茶を飲み終えた後、改めて僕たちに仕事を説明してくれた。

「ミシェルちゃんは、あの工房主《アトリエマイスター》オフィリア様のお弟子さんでエルフなんだよね。薬を作るのはやっぱり得意なのかな？」

「はい、一通り教わりましたので」

「クルトくんは？」

「はい。僕もリクト様の工房で薬を作って、ハロハロワークステーションや冒険者ギルドに納めていました」

僕たちの答えに、ヴィトゥキントさんは満足げに頷く。

「それは僥倖《ぎょうこう》だ。なら二人には、今日一日でできるだけの薬を作ってもらおうかな？　一応厨房に一式道具が揃っているはずなのと、必要な素材は地下の倉庫にあるものを好きに使っていいよ」

「え？　厨房でですか？　でも、皆さんの料理を作る邪魔では？」

「大丈夫、みんなは食事を自分で用意しているから、この厨房は滅多に使わないんだよ」

「え？　みんなお弁当持ってきてるんですか？」

「うん。あ、お昼持ってきていないなら、厨房にあるものを自由に使って料理してもらってもいいから」

「本当ですか？　ありがとうございます」

やっぱりヴィトゥキントさんはいい人だなと僕は思った。

ということで、今日はミシェルさんと二人で薬作りだ。

倉庫には乾燥しているハーブ類などいろいろとあったので、これらを使って薬を作ることにした。

「ミシェルさんはどんな薬を作るんですか？」

「……私はエルフ族に伝わる薬を作る予定です」

「エルフ族に伝わる薬……もしかして凄い薬ですか？」

だったら作っているところは見ない方がいいのかな？

僕が尋ねると、ミシェルさんは慌てて手を振る。

「違います違います、エルフ族に伝わる喉《のど》に効く薬です。私が作った薬の中で一番評判がいいんです」

「喉薬ですか。凄いですね」

「凄いですか？」

僕の言葉に、ミシェルさんがきょとんとする。

「はい。喉の薬ということは、舐《な》めるか飲むタイプの薬ですよね。それなのに喉だけに集中して効果が出るなんて、僕にはまだ難しいです。僕が作るとどうしても、身体全体を治す薬になりそうで。

僕はいつも通り傷薬にしようかな」

「あ、クルトさんが薬を作る時は、水で十倍に薄めるようにとミミコ様より言われています」

「ミミコさんから？」

水で薄めたら効果も薄まっちゃうんだけど、いいのかな？

うーん、きっとミミコさんが言うんだから、特別な意味があるのだろう。

「わかりました。では、最後の仕上げに水で薄めます」

こうしてミシェルさんは喉薬を、僕はいつも通り回復薬を作ることにしたのだった。


それからしばらく、薬を作っていると、ミシェルさんが声をかけてきた。

「クルトさん……いったい何本作るんですか？」

「とりあえず五百本分程作りましたが、もうちょっと多い方がよかったですか？」

「まだ、薄める前ですよ……容器が足りません」

……あ、しまった。

容器が五百本分あるからその量にしたんだけど、薄めないといけないんだった。

回復薬のような魔法薬は、すぐに使う時以外は魔力の劣化防止のために専用の容器に入れて保存する必要がある。

「すぐに容器を作りますね！」

僕は薪用の木を持ってきて、中をくりぬいて容器を作ることにした。

本当は陶器《とうき》か硝子《ガラス》の容器を用意したいのだが、オーブンで焼き上げるには時間がかかりすぎるし、専用の窯《かま》を庭に勝手に作っていいかどうかもわからない。

そこで、木製の容器を作ることにしたのだ。

幸い、ここの薪用の木材はよく乾燥《かんそう》してあって、容器に適している。

彫った内側に、液漏れ防止用の塗料を塗り、乾いてから薄めた回復薬を入れる。

なんとかこれで間に合いそうかな？

ミシェルさんも喉薬の調合が終わったので、薬を詰めるのを手伝ってくれたんだけど、部屋の入り口から急に声が上がった。

「うわぁ、凄い量の薬だね。これ、二人で作ったの？」

「あ、ヴィトゥキントさん。すみません、まだ終わってなくて」

「でも、それを入れたら終わりだよね？」

「いえ、これを十倍に薄めないといけないので」

そのせいで容器がまだまだ足りない。

「十倍に？　なんで？」

ヴィトゥキントさんが尋ねた。

その理由は僕にもわからない。

「……こ、このままだと回復薬として威力が強すぎて、体力の消耗《しょうもう》が激しいので……」

どう答えたらいいのか悩んでいると、ミシェルさんがそう答えてくれた。

あれ？　体力を回復させる成分も含んでいるから、体力の消耗はないはずだけれど。

「へぇ、回復薬としての能力が高いのか。ちょっと試させてもらうね」

ヴィトゥキントさんはそう言うと、上着を脱いだ。

「なんで脱ぐんですか？」

「いや、この上着は高いからね。汚したくないんだよ」

「汚す？」

ヴィトゥキントさんが言っている意味がわからない。

そう思っていたら、ヴィトゥキントさんはそこにあった包丁を握り、自分のお腹を刺した。

「――っ!?　ヴィトゥキントさんっ!?」

「クルトさん、急いで回復薬をっ！」

「そうだった、薬です！」

僕はヴィトゥキントさんを仰向けに寝かせ、包丁を抜く。

血が飛び、僕の顔にかかった。

傷が内臓まで達している。

僕が急いで回復薬をかけると、すぐに傷口が塞がったが、正直危なかった。

あと数センチずれていたら、失血によるショック症状を起こし、心肺停止状態になっていたかもしれない。回復薬をかけたあとで心肺蘇生《しんぱいそせい》をすれば助けられるけれど、だからといってこんな無茶をするなんて信じられない。

そう思っていると、ヴィトゥキントさんが苦笑しながら上半身を起こした。

「あいたたた、傷が塞がっても痛みは残るんだね」

「痛みを処理するのは脳ですから。一応鎮痛《ちんつう》効果もあるので、すぐに痛みも治まります。それより、なにを考えてるんですか」

「え？　だって威力が強すぎる回復薬を試すなら、重傷にならないとだめでしょ？　いやぁ、しかし凄いね。傷口も綺麗になくなって、ミシェルちゃんが心配していた体力の消耗も少なそうだし、このままのほうが僕はいいかな」

「よくありません！　そんな無茶をさせるために薬を作ったんじゃありません」

「え？　怒ってるの？　なんで？」

「なんでって――」

ヴィトゥキントさんは本気で不思議そうな顔をしている。

まるで、自分が傷つくのが当然みたいな感じ——というより、自分に対してほとんど価値を見出していない気がする。

やっぱりおかしい。

ルナさんから聞いた話や、ミミコさんが調べた情報と大きくかけ離れ過ぎている。

僕はいよいよ、ヴィトゥキントという人間そのものがわからなくなってきた。


服が血で汚れてしまったので、僕とミシェルさんは新しい服を借りた。

着ていたものは、急いで洗って乾かすことにする。

結局、僕は何の調査もできていない。せめて二階の製作部に行ければ誰かに話を聞くこともできそうなんだけど、昨日見た一心不乱に作業している皆さんの様子を思い出すと、碌《ろく》な会話もできそうにない。

かといって、四階の研究室にはヴィトゥキントさんがずっといるから調べることができない。

せめて何かないかな？

そう思って元の部屋に戻ったら、ヴィトゥキントさんと見知らぬ男の人が一緒にいた。

お客様だろうか？

「あ、ミシェルちゃん、お茶を二人分淹《い》れて研究室に持ってきてくれるかな？　雑用みたいなことを頼んで悪いけど、他に人がいないんだ」

隣にいたミシェルさんに頼んで、二人は階段を登っていく。

これは、研究室に入るチャンスだ。

「ミシェルさん、これはチャンスです。頑張ってください」

「むむむ、無理ですよ。お茶を持っていくだけでも緊張して——クルトさん、代わってください」

「……わかりました」

僕は気合を入れて頷く。

お茶を淹れて四階に上がった。

「それで、例の物の入手は難しそうですか？」

「はい。簡単に入手できると思ったのですが、思っている以上に防備が厳重で。一本も落ちていない状態でして」

部屋の扉が少し開いていて、中の会話が聞こえてくる。

「そうですか……っと、お茶が来たようですね」

気付かれた。このまま立ち聞きはできない。

「失礼します」

僕は研究室の中に入った。

ヴィトゥキントさんと男の人は、向かい合って話している。

二人の真ん中にあるのは、桶《おけ》だろうか？

中にお湯が入っている。

「あぁ、クルトくんが持ってきてくれたんだ」

ヴィトゥキントさんが僕を見て微笑みかけた。

「はい」

僕はテーブルの上にお茶を置きながら周囲を見るけれど、奥に扉が続いている以外は、椅子とテーブルが置いてある普通の部屋だ。

研究室はさらにこの奥にあるのだろう。

せめて、二人の会話の内容だけでも……と思ったけれど、お茶を持ってきただけの僕がいつまでもここに居座っては、ヴィトゥキントさんもこの男の人も不審に思うだろう。

すると、男の人が肩をほぐすようにまわしていた。

「おや、肩凝りですか？」

ヴィトゥキントさんが尋ねた。

「ええ、お恥ずかしい話で、仕事柄、肩凝りになっては信用にかかわるのですが、最近疲労がたまってしまいまして」

肩凝りの痛みを取るだけなら、ユーリシアさんやリーゼさんにも評判の湿布を持ってくればいいんだけど、残念ながら全部工房に置いてきてしまった。

といっても、手がないわけではない。

「よかったら、僕が治しましょうか？」

「肩凝りを治す……ですか？　いえ、どうも私はマッサージが効きにくい体質のようでして。いくら揉んでも治らないのです」

「それはそうですよ。肩凝りの大半は力任せに揉んだらむしろ逆効果、体を壊してしまいますからね」

肩を揉めば、その日は気持ちよくなるけれど、次の日には結局痛くなる。

肩凝りの原因はいろいろある。虫歯からくる肩凝りなんていうものもあるけれど、大半は姿勢の悪さが原因で、筋肉が変な形で緊張してしまっているのだ。

言うなれば、肩凝りは筋肉がピンと糸が張っているような状態。

そんな状態で無理に力を入れれば、糸が切れるように筋肉が割けてしまう。

「座ったままで結構ですから、ちょっとよろしいですか？」

僕はそう言うと、男の人の身体を触った。

やはり、長年、姿勢が悪かったのだろう。

かなり骨がずれている。

僕は少し力を加え、ずれた骨をゆっくりと整えていき、かつ肩を撫《な》でて、緊張した状態の筋肉をほぐしていく。

「肩に力を入れないのですか？」

「はい、どうやら肩凝りの原因は猫背みたいですから。肩よりも全身の整体が重要なんです……少し肩を上げますね」

僕はそう言って整体を続けた。

その時間約五分。

「これは……薬も何も使っていないのに体が見違えるように軽い」

「お役に立てたようでよかったです」

すっきりした表情の男性のお礼に答えて、そして気付いた。

何も話を聞けていないことに。

失敗した、こんなことしていたら、さすがにみんなに怒られてしまう。

どうしようかと思っていると、男性が口を開いた。

「クルトさんと仰いましたか。実は折り入ってお願いがあるのですが」

「え？　あ、はい、なんでしょうか？」

その男の人の口から出たのは、とんでもないお願いだった。


「ただいま戻りました。みんなは温泉ですか？」

宿に戻ると、部屋ではユーリシアさんが一人で雪華を磨いていた。

「いや、今日は夜まで臨時清掃だってさ。だからみんなは温泉饅頭を食べにルナの店に行ったよ。

私はクルトが帰って来るかもしれないからってことで、留守番さ」

アクリが退屈していたのかな？

ミミコさんに迷惑をかけていなければいいけど。

「ミシェルは一緒じゃないのか？」

ユーリシアさんも僕が一人で帰ってきたことを不思議に思ったようだ。

「ミシェルさんは、転移結晶を持ってヴァルハに行きました。オフィリア様に報告書を送るそうです」

「ああ、そういえば今朝そんな話をしてたな」

「それより、ユーリシアさん。大変なことになったんです」

「……なにかやったのか？」

ユーリシアさんがそんな風に尋ねてくる。

僕ってあまり信用ないなぁ。

でも、僕がユーリシアさんの立場だったらそう思う。

「いえ、実は、今日、お客様が工房にいらっしゃって、その人の整体をしたんです」

「工房の雑用係として行ったのに、なんで整体師みたいなことやってるんだよ」

「いえ、つい……それで、その男の人はこの宿の主人だったらしいんです。僕の整体が気に入ったそうで、この宿に泊まっている人に整体を頼みたいって」

ヴィトゥキントさんと話している時に、『お恥ずかしい』と言っていたのは、温泉の効能に『肩凝り』があり、さらにマッサージも行っている温泉宿の主人が肩凝りに悩んでいるなんて……ということだった。

「ぶはっ、たしかにそれは笑えるな。宿の主人もまさか、クルトがこの宿の客だって思いもしなかったん……まて、クルト。誰に整体をするように頼まれたんだ？」

「それが……リーゼロッテ王女様なんです！」

「なんだってっ⁉」

「ユーリシアさんも驚きますよね。まさかリーゼロッテ王女様がこの宿に泊まっているなんて」

「あ……あぁ……」

ユーリシアさんは眉根を寄せてボソボソと呟く。

「くそっ、関係者以外の口止めをしておいたのに……いや、臨時で雇う整体師だったらギリギリ関係者か？」

ほとんど聞こえなかったけどどうしたんだろう？

「――それで、クルトは断ったのか？」

「もちろん、断りました」

「そうか、それはよかっ――」

「断ったんですが、ヴィトゥキントさんに業務命令だから受けるようにと言われてしまって。それと、ヴィトゥキントさんから妙な頼まれごとがあったんです」

「妙な頼まれごと？」

僕はユーリシアさんに全てを話した。

◇　◆　◇　◆　◇

「私がいない間にそんなことになっていたのですか……それで、いつなんですか？」

クルト様が私――リーゼに整体をしてくれるのは!?

ユーリさんに詰め寄ったところ、彼女は私の頬《ほお》を押して遠ざけました。

私が帰って来るなり、アクリをクルト様に預け、こうしてミミコ様と一緒に奥の部屋に連れていかれましたから、なにかあったとは思いましたが……整体ということは、つまりはマッサージのようなものですわよね？

あの日、あの時してもらえなかったお風呂上がりのマッサージをようやくしていただけるというわけですか。夢のようですわ！

そんな嬉しいことになっているとは想定の範囲外です。いいえ、想定の範囲外というよりこれは運命！

私とクルト様は運命の女神に愛されている関係なのです！

「待て、落ち着け。クルトに聞かれたら困るから、こうして部屋を移動したんだ。いいか、クルトが整体するのはリーゼじゃない。リーゼロッテ王女だ。クルトにお前が王女だってバレたら困るんだろ？」

それを言われて、私は言葉を詰まらせました。

かつて、自分が王女であることをクルト様に告げたことがありましたが、いまのクルト様はそのことをすっかり忘れていらっしゃいます。

そして、もしも私が王女であるとクルト様に知られたら——

「あれ？　なんでリーゼは自分が王女であることを黙ってたんだったっけ？」

「それは、私が王女だと知られたら、クルト様が自分の能力が特殊なことに気付いてしまうからで——」

「いやいや、それこそ言い訳できるだろ？　リクトの工房で修業しているが、命が狙われているかもしれないから身分を隠しているとかって。クルトならそれで納得してくれるぞ」

「ユーリさん、酷いです！　なんで気付かなくてもいいことに気付くのですか！　世の中には気付かないといけないことに対して気付かない心遣いというものがあるのですよ！」

「気付かないといけないことだったら気付かないといけないだろ」

ユーリさんがそう言って私を怒鳴りつけます。

これだとまるで私が悪いみたいです。

愛はなによりも尊い——それはつまり多少の誤魔化《ごまか》しなど、愛の前では些細《ささい》な出来事ですのに。

「まぁまぁ、ユーリシアちゃん。あんまり姫様を揶揄《からか》わないで。ここは姫様の代役を立てるのはどう？　ファントムの中で見た目が似ている者を見繕うこともできるけど」

「ファントムは今回使えないんじゃなかったのか？」

「工房の調査にはね。姫様の警備なら今も使ってるよ。まぁ、宿の外からの警備だけどね」

「うーん、その方がいいかもしれないな。クルトが頼まれたこともあるから、リーゼの前には出したくなかったし」

「クルト様が頼まれたことですか？」

私が首を傾げると、ユーリさんはクルト様から聞いたという、ヴィトゥキントの頼みごとを教えてくれました。

「……いったい何の意味が？」

「さあな。現時点ではわからないが、何か裏があると考えて警戒してもいいだろう」

ミミコ様が頷きました。

「決まりですね。今回、姫様の代わりを務めるファントムを——」

「お待ちください！　私は嫌です！　クルト様に整体していただきたいです！　八時間みっちりフルコースで！」

「そんなにかかるか！　クルトなら五分もあれば整体が終わるだろ」

クルト様に体を触っていただける滅多にない機会です。

どうにか乗り切ってみせます。

「そうですわ、胡蝶で変装すれば――」

触れられたら気付かれますが、しかし顔と声だけを胡蝶で変えればバレません。

「胡蝶を使うには集中しないといけないんだろ？　お前、クルトに整体されて集中力保っていられるか？」

無理ですわね。

零コンマ数秒で幻影が崩壊します。

「それなら顔を仮面で隠して、無言でいれば」

「たしかにクルトならそれでも気付かないと思うが、お前、クルトに触られても変な声を出さずにいられるか？」

「ぐっ……たしかにそれは盲点《もうてん》でしたわ」

クルト様に背中を触られたら、間違いなく声が出てしまいます。

しかも一度や二度ならず、何度も出るでしょう。

クルト様なら声から私だと気付きそうです。

「なら、以前ユーリさんが使っていた変声の魔道具を使って――」

「王女として整体を受けるのに男の声になるのか？　余計に怪しまれるだろ。ていうか、男の声で

変な声を上げたら、クルト、絶対気味悪がるぞ。お前、いくら正体に気付いていなくても、クルトに気味悪がられて耐えられるか？」

クルト様に気味悪がられる？

それは耐えられません。

私にとって剣で突き刺されるのと同じダメージです。

「ねぇ、ユーリシアちゃん。姫様、普段からクルトちゃんに変な行動しているけれど、あれは気味悪がられていないの？」

「クルトはリーゼの奇怪な行動を、冗談の一種だと思っているから気にしてないぞ」

「それは幸運というか、報われないというか」

ユーリさんとミミコ様がなにか話していますが、私は灰色の脳細胞をフル作動させて考えます。

いかにして、クルト様から整体を受けるのか。

ユーリさんめ、私の出す案を全て却下して、クルト様の整体を受けさせないつもりですわね。許せない。

「はぁ、仕方ない。こうなるとわかってるから、クルトと話はつけてある。クルトの整体の練習台にリーゼを使うようにな」

「ユーリさん！　私はあなたを誤解していました！」

今考えれば、時間制限がある整体よりも、時間無制限の整体練習の方が遥かにいいではありませ

んか。

「目を輝かせて手を握ってくるな！　じゃあ、リーゼの代わりはファントムでいいな？」

「それは困ります。クルト様の整体を受けて、ファントムの人員がこれ以上恋に落ちたら困りますから。そうですわね。ユーリさん、クルト様の整体を受けてください。私が胡蝶で幻影を作りますから」

「え？　私が？」

「ええ。ユーリさんなら今更ですから。それに、肩もお凝りでしょう？」

私はユーリさんのある一点を見て言いました。

そんな重そうなものをつけていたら、絶対に肩が凝るに決まっています。

「でも、私が声を出したら……」

「大丈夫です！　全部幻影に喋《しゃべ》らせますし、ユーリさんの口には猿轡《さるぐつわ》を噛《か》ませ、喋れないようにしますから」

「そこまでして整体を――」

「受けたくありませんか？」

「ユーリシアちゃんが受けないなら私が代わりをしてもいいよ？」

「…………ちょっと受けたい」

ミミコ様の追撃もあって、ユーリさんが素直に言いました。

まぁ、ミミコ様が代わりをするとなっても、触った時点で幼過ぎるとバレてしまいますから無理ですわね。もちろん、本人には申しませんが。

ここはユーリさんが整体を受けるのが無難でしょう。

決してユーリさんがクルト様に相応しいというわけではありません。ですが、ユーリさんがいなくなった時のクルト様やアクリの様子を思い返せば、四人で一緒に歩んでいける方法を模索したいと思ってしまいます。

……もしも私が皆さんの元から去る時が訪れたら、クルト様やアクリは同じように悲しんでくれるのでしょうか？

なんて、まだまだ先のことを考えても仕方ありませんわね。

その日の夜。

ミミコ様は事情を探るべく宿の主人から話を聞きに行っていて、ユーリさんはアクリと一緒に温泉に行きました。

温泉で泳ぐのが気に入ったアクリを、今日だけは好きに泳いでいいと言って、ユーリさんが連れ出したのです。

こうして見事に、私はクルト様と二人きりの時間を手に入れました。

「……あの、リーゼさん。別に服を脱ぐ必要はありませんよ」

明日、使われるであろうマッサージ専用の部屋の前でクルト様が私に背を向け、そんなことを仰いました。

「あら、オイルマッサージを受ける時のクセが出てしまいました。しかし、クルト様には何度か全て見られていますから別によろしいのでは？」

初めてクルト様と出会った時、私は上半身裸でしたし、辺境伯領主町では同じ浴室に入ったこともあります。

「よくありませんよ。お願いですから服を着てください」

本当はこのままの方がクルト様の体温を直に感じられていいのですが、あまりしつこくするとクルト様に嫌われてしまいます。仕方ないので、薄手の服を纏《まと》いました。

「クルト様、よろしいですよ」

「……もう、驚きましたよ。僕だって一応男なんですから、リーゼさんも気を付けてくださいね……ちょっと僕のファンクラブの会報を見たら、可愛いとか言われすぎてて、ちょっと自信が無くなってきましたけれど」

クルト様のファンクラブの会報誌、クルト様のところにも届いていらっしゃったのですね。ユーリさんも持っていたようですし、たしかにあの会報誌の出来栄えはかなりのものだと私も思います。

匿名で資金援助を続けた甲斐がありました。

「もちろん、クルト様が男性であることは誰よりもわかっておりますよ」

「リーゼさん……そう言ってもらえると嬉しいです……誰よりも？」

「ええ、誰よりも」

クルト様の幻影の完成度を高めるために、クルト様のことは他の人の何十倍、何百倍も観察しておりますから、誰よりも理解しているという自負があります。

「それで、クルト様。まずはどうすればいいのでしょうか？」

「そうですね。まずはどこが凝っているか、触診《しょくしん》させていただいてもよろしいでしょうか？」

「はい、もちろんです。どこでも好きな場所を触ってくださいませ」

私はクルト様を正面から見てそう申しました。

「……あの、背中を向けてください」

「わかりました」

ずっとクルト様を見ていたのですが、仕方ありません。

私はクルト様に背を向けました。

直後、濡《ぬ》れるような感覚がシャツ越しに背中に伝わりました。

汗？　いいえ、特別な薬液を使っていらっしゃるのでしょうか？

思っていたよりも小さな手の感触、そして強く私を求めるように抱き着く感触が――ってあら？

「って、え!?　アクリっ!?」

クルト様が声を上げました。

やっぱりそうですわね。

私は背中に手をまわし、アクリを正面に持ち上げました。

全身びちょびちょで、服を着ていません。

「アクリ？　どうしたというのですか、濡れているではありませんか。クルト様、タオルをお願いします」

クルト様がタオルを二枚用意し、クルト様がアクリの髪を、私はアクリの身体をそれぞれ拭《ふ》きます。

アクリは泣きそうな顔をしていました。

「アクリ、どうしたのですか？　まさか、ユーリさんになにかされたのですか？」

アクリは涙をこらえながら首を横に振ります。

「おんせん、あつかったの」

どうやら、温泉で泳ごうと思っていたら、昨日よりも熱く、とても泳げるような温度じゃなかったと。

それでも泳いでみたが、お風呂の真ん中で熱さに耐えきれず、咄嗟《とっさ》に温泉の外――私たちがいる場所に転移してしまったそうです。

「アクリっ!?　よかった。やっぱりここだったか。お風呂の中で急に消えたから心配したぞ」

アクリの話を聞いていると、ユーリさんがアクリの服を持って、部屋になだれ込むように入ってきました。

アクリのことが心配で、自分の服の心配をする余裕もなかったのでしょう。バスタオルを巻いているだけの姿で。

「ユーリシアさんっ!?　服着てください！」

「なっ、あぁぁぁぁぁぁぁぁぁあっ!?」

ユーリさんは顔を真っ赤にすると、アクリの服を置いて温泉の方に走っていきました。

「ぷっ」

私はおかしくてつい笑ってしまいます。

「アクリも温泉から出ましたし、もう整体って雰囲気ではありませんわね」

私はユーリさんが置いていった服をアクリに着せます。

「え？　でも明日が本番なのに」

「大丈夫ですわ、クルト様ならきっと成し遂げてみせます。クルト様のことを誰よりも知っている私が言うのですから間違いありません」

私はそう言って、泣きそうになっているアクリを抱き寄せ、そして隣に座って一緒にアクリをあやすクルト様の肩に寄り添いました。

せっかくの整体の機会を逃したのは残念ですけれど、しかしこういう日常も私は大好きです。

第3話　神に届かざる手

翌朝。

僕――クルトは、ヴィトゥキントさんの工房に向かうことになった。

工房の中で宿の主人と合流することになっていて、工房での作業そのものは行わないから、ミシェルさんはお休みということになっている。

別に二人一組で働いているわけじゃないんだけど、ヴィトゥキントさんが気を遣ってくれたのか、ミシェルさんは有給扱いとなり、昨日、二日分のお給金を貰っていた。

本当に優しい人だと思う。

ちょうど足湯茶店の前を通った時、ルナさんが声をかけてきた。

「クルトさん、おはようございます」

「おはようございます、ルナさん。今日はお休みですか？」

「はい。昨日は源泉の点検日だそうで、足湯が使えなかったんですよ。最近、湯温も下がってきていましたし。でも、今度はお湯の温度が高くなってしまい、ゆっくりできなくなったので、お湯の温度を下げるための設備を付けようかと思って」

前に来た時、少しぬるいと思っていたけれど、そういう理由だったんだ。

そういえば、アクリもお湯が熱いって言ってたっけ。

「それにしてもクルトさん、今日は変わった服を着ていますね」

「はい、浴衣《ゆかた》という衣装です。ちょっとわけありで」

そう、僕が今日着ているのは、ダンゾウさんの国に伝わる衣装だ。

ある理由があり、今日はこの服装で工房に行くことになっている。

「変わった服ですね……でも、脱ぎやすそうだし、足湯にもピッタリです。それにシンプルだから仕立てもしやすいし……クルトさん、その衣装の作り方、教えてもらえませんか？」

「はい、いいですよ。あ、よかったらまだ時間があるので、実際に作ってみましょうか？」

「是非！」

この時間から開いている仕立屋で布地を買い、僕はルナさんの店で早速浴衣の作り方を教えた。

ついでに何種類か浴衣を仕立ててみた。


そうこうしているうちにいい時間になったので、僕は工房へと向かう。

結局、昨日は整体の練習は一度もできなかったけれど、本当に大丈夫かな？

そろそろ工房に着こうかというところで、少し心配になってきた。

それからすぐに工房の前に着いたんだけど、いつも立っている門番さんの姿はない。

今日はお休みだろうか？　そう思って中に入った。

昨日は僕が工房に入ると、ヴィトゥキントさんがやってきて出迎えてくれたんだけど、今日は姿を見せない。

どこかで作業をしているのかな？

しばらく待っても来る様子がないので、一階の書庫、食堂、厨房、地下の倉庫と探していくが、やはりヴィトゥキントさんの姿はなかった。

「二階で聞けばいいか」

僕はそう独りごちて階段を上がる。

二階の制作部では、雇われている人たちが魔道具の組み立てをしている――はずだった。

しかし、一昨日はあんなに大勢の人がいたのに、今は一人もいない。

テーブルには作りかけの魔道具の部品などが置いてある。

そういえば、これってなんの道具なんだろ？

僕は魔道具を調べてみた。

どの魔道具も、とてもシンプルだ。

短い棒の先に魔法晶石が埋め込んであるタイプのものがほとんどで、水が出る道具、火が出る道具、小さな雷を生み出す道具、音を大きくする道具、そして物体を凍らせる魔道具などだ。

一般的によく使われているものばかりだけど、なぜか凍らせる魔道具だけは他の魔道具よりも高性能みたいだ。

音を大きくする道具は、前に武道大会で実況兼審判のお姉さんや、リーゼさんが使っていたのと同じやつかな。

「これ、ちょっと組み方を変えるだけで警報音が出るブザーみたいにできそうだな。ついでに――」

僕は組み立て途中の音を大きくする魔道具を手に取り、改造してみた。

うん、イメージ通りだ。

「って、こんなことしてる場合じゃないんだった。早くしないと宿の主人さんが来ちゃうよ」

僕は急いで三階にも行ったが、やはり誰もいない。

昨日まで誰かが寝ていた形跡はあるけれど、どの部屋も整然としていて余計な物がなく、隠れるような場所も見つからない。

一夜でいなくなったなんてまるでホラーだと思った、その時だった。

上の階からなにかが倒れる音が聞こえてきた。

「誰かいるんですかっ⁉」

僕は急ぎ、四階に上がった。

すると研究室に続く扉が開いていて、中で倒れている人影が目に入った。

「ヴィトゥキントさんっ⁉」

倒れていたのはヴィトゥキントさんだった。

いったいなぜ!?

「大丈夫ですか、しっかりしてください。いますぐ薬を――」

「あ……あぁ、クルトくん。来てくれたんだ、よかった。ごめん、玄関まで迎えに行こうと思っていたんだけど、力が入らなくてね」

「喋らなくていいです。早く薬を――」

「いや、薬はいらない……これは寿命だから、薬でどうにかなるものじゃないんだよ」

「寿命って……だって」

「表の門番、下の作業員、次々に倒れていったからね。そろそろ僕の番だと思って……ごほっ」

言葉の途中でヴィトゥキントさんは血を吐く。

吐血《とけつ》を伴い、力が抜ける病気。

いろいろと思い浮かべるが、どの病気か特定することができない。

いや、無数にある選択肢の中のどれにも当てはまらない。

「僕の頼まれごと、聞いてくれた?」

「……はい。意味はわかりませんでしたが、この服は浴衣といいまして、袖《そで》の中にいろいろと入れておけます」

昨日、ヴィトゥキントさんが僕に頼んできたこと、それは今日、中にいろんなものを隠せる服を用意することだった。

なぜかは不思議だったが、ダンゾウさんに教えてもらった浴衣を着ることにした。

浴衣って袖のところに膨らみがあり、お財布くらいなら簡単に入れることができるからね。

「そう、どうりで触ったことがない服の感覚のわけだ」

触り心地で判断……やっぱり、もう視力も失われているんだ。

いったいなぜ――

「クルトくん、最後にひとつだけ言わせてほしい……本当にごめん」

直後、僕の身体に衝撃が流れた。

しまった、下の階で作っていた、雷を生み出す機械によるものだろう。

意識が一瞬のうちに持っていかれそうになる。

その時、奥の扉が開き、そこから人影が現れた。

「どうして……」

僕は奥から現れたその姿を見て、そう呟くことしかできなかった。

◇◆◇◆◇

「はぁ……なんで私がこんな服を――」
鏡を見て私――ユーリシアはげんなりとした口調で呟いた。

私が今着ているのはドレスだ。

リーゼが着ている服と似たような感じの高級ドレスをミミコが特急で仕立てさせてきた。本当はクルトの方が早く準備ができるのだが、今回はあいつに知られるわけにはいかないからな。

胡蝶では触覚を騙すことができないので、服はそれなりにいいものを着ておかないと怪しまれる。

「あら、ユーリさんも一応はイシセマの氏族候補、この国でいうところの王族に近い立場なのですし、ドレスくらい着たことがあるのでは？」

「最近着させられたよ。あれも本当に嫌だった」

リーゼの言葉に、軟禁《なんきん》状態になっていた時のことを思い出して私は呟く。

あんな生活が嫌で冒険者になったのに、なんでこんな服を着る羽目になるのか。

因果は巡るという言葉を殴り潰したくなる。

「これもクルト様に整体していただくのに必要な試練と思えばいいではありませんか。私も結局、やってもらえなかったんですよ」

リーゼはそう言って私に胡蝶を使う。

鏡越しに見る私は、リーゼと私の中間くらいの顔立ちになった。そして、髪は金色になる。

体付きは私のままで、肌は白い。

これだとクルトでも私だって気付かないだろうな。

あいつは妙なところで鋭いのに、そういうところには疎《うと》い。

まぁ、クルトの女装にずっと気付かなかった私も他人のことを言えないが。

「あと、私とアクリがそこの隙間から見ていますから、妙なことをしたらダメですよ」

「待て、リーゼはともかくアクリにも見せるのかっ⁉」

「ええ。そうしたら自制が利くと思いますから」

「私はお前と違って自制心を失うような変態じゃない！」

そう怒鳴りつけたが、「だったらアクリにも見せて問題ありませんわね。あの子にも働いているパパの姿を見せて差し上げたいですから」と返された。

たしかに問題はない、問題はないが、しかし信用されていないみたいで腹が立つ。


「しかし、遅いな。もう時間のはずだろ？」

クルトたちが来るのを待つこと十分。

いまだにクルトが来ない。

あいつのことだ、王族を待たせたりはしないはずなのに。

宿の主人からは、昨日のうちに新しい整体師を雇うことにしたという話を受けている。

ミミコが「新人でも優秀な人材であれば、姫様の整体をさせることは構いません。ただ、念のために今回は姫殿下の影武者に整体を受けていただきます」と伝えているので、王女相手じゃないから遅れても大丈夫だと思っているんじゃないか？

そう思ったら、扉越しに主人の声が聞こえてきた。

「王女殿下、お待たせしました。整体師を連れてまいりました」

息が切れているから走ってきたらしい。

『お通しください』

私の口元から声が聞こえた。

胡蝶によって作られた声であり、リーゼよりも少し大人っぽい声になっている。私とリーゼの中間の声ということなので、リーリの声とでも名付けておこう。

変声の魔道具の時も思ったけど、私の口から、他人の声が出るというのは変な気分だ。

主人が扉を開け、一緒にクルトが入ってきた。

出て行く時は浴衣だったが、別の服を着ている。

工房で服を借りたのか？

「今回の施術を担当させていただく、クルトと申します。よろしくお願いします」

今朝までの緊張はどこに消えたのか、クルトはそんな清々しい顔で私に挨拶をした。

『よろしくお願いします』

リーリの声と共に私はお辞儀《じぎ》をした。

そして、クルトに背を向ける。

『では早速、好きなところをお触りになってください』

リーリのそんなバカな言葉を聞き、私は思わず噴《ふ》き出しそうになった。
触診といえば背中か肩だろ！
これだと私が変態みたいじゃないか！
しかし、クルトは動じることなく、「では、失礼します」と私の背中に手を当てた。
クルトの指の感触が背中に伝わってくる。
「ずいぶん肩が凝っているようですね」
『ええ、胸が大きくて肩が凝って困りますわ』
リーゼの私への偏見《へんけん》がよくわかる台詞だ。
ていうか、そんなこと言ったらクルトが困るだろ。
「そうですか。あ、姫様は剣術が得意なんですね」
『わかるのですか？』
「はい。筋肉の付き具合で、どのような武術が得意かはだいたいわかります」
クルトは自然に返事をした。
凄いな、リーゼのセクハラにも全然動じていない。
今日のクルトはかなりデキる男になっている。
もしかしたらこれもリーゼの幻影じゃないか？　というくらいに。
いや、幻影だったら触ることができないから本人か。

「では、早速施術を開始します。背骨から整えていきますね」
『よろしくお願いします』
こうしてクルトの整体が……整体が……いた、痛いっ！
いたたたたたたたたっ！
なんだ、この激痛はっ⁉
尋常じゃない痛みが体全体を襲う。
「どうですか？　痛くないですか？」
『ええ、気持ちいいですわ』
気持ちいいわけあるかっ！
物凄く痛い。
叫びたくなる。叫んだらいけないとわかっているが、涙が出てくる。
なんだこれ、私、今日死ぬのか？
クルトの整体で殺されるのか？
「そう言っていただけると光栄です。では、今度は腰のあたりを――」
クルトが何か言ってるが、頭に入ってこない。
え？　クルトってこんなに整体が下手なのかっ⁉
いや、本当に上手な人の整体はこんなに痛いものなのかっ⁉

もうなにがなんだかわからない。

とにかく、叫ばないようにするだけで精一杯だ。

なんか頭にも痛みが走ったような気がしたが、わからない。

そう思った時だった。

「そこまでですっ！」

声が聞こえた。

リーリの声じゃない、これは紛れもないリーゼの声だ。

「あれ？　なんでリーゼさんがここにいるんですか？　アクリも一緒に」

リーゼがアクリと一緒に部屋に乱入してきた。

「お立ちになってください、ユーリさん」

「「え⁉」」

直後、リーゼが私の幻影を解除した。

「ユーリシアさんっ⁉　え？　リーゼロッテ様の正体がユーリシアさんっ⁉」

クルトが驚き、声を上げた。

なんだこれ、作戦がめちゃくちゃだ。

「リーゼ、お前、なんのつもりで」

「ユーリさん、黙っていてください」

リーゼはそう言って、あろうことか持っていた胡蝶の切っ先をクルトに向けた。

「あなた、いま、ユーリさんの髪を一本抜きましたわね」

「え？」

髪を抜いた？

そう言えば頭に痛みが走ったような気がする。

髪を抜かれた時の痛みだったのか。

「クルト、一体何のためにそんなことをしたんだ？」

「ユーリさん、なにを仰っているのですか」

リーゼが私を睨みつけて言う。

「え？」

なんで私が怒られているんだ？

わけがわからない。

しかし、リーゼは再びクルトを睨みつける。

「質問に答えてください」

「すみません、リーゼロッテ様の髪がとても綺麗で……それより、なんで二人がここに」

「あなたに答える義務はありません。もう一つ質問をさせていただきます」

「リーゼさん、待ってください。僕の質問にも答えてください」

クルトがあたふたとする。

たしかにクルトの行動も妙だが、一番妙なのはリーゼの方だ。

クルトに対してここまでリーゼが敵意を向けたことなど一度もない。

私が痛い目にあったから怒っている……という感じじゃないよな？

なら、なんで？

「リーゼ、少し私にもわかるように説明を――」

「本物のクルト様はどこですか？」

……なんだって？

◇◆◇◆◇

私――リーゼは、クルト様が入ってくるのを今か今かと待ち受けていました。

予定の時間を少し過ぎたところで、この宿の主人の声が聞こえてきました。

『お通しください』

胡蝶の力で幻聴を聞かせると、主人の後から見たことのない服を着たクルト様が入ってきました。

「今回の施術を担当させていただく、クルトと申します。よろしくお願いします」

『よろしくお願いします』

私の声に合わせてユーリさんがお辞儀をしましたが、少し妙な気がしました。

クルト様でしたら、まずは待たせてしまったことに対して謝罪するはずなのですが。緊張していらっしゃるのでしょうか？

クルト様は触診の準備を始めます。

『では早速、好きなところをお触りになってください』

いつものように私が言うと、クルト様は笑顔で頷き、「では、失礼します」とユーリシアさんの背中に触れました。

「ずいぶん肩が凝っているようですね」

『ええ、胸が大きくて肩が凝って困りますわ』

ユーリさんならこう答えるだろうと予想し、私はそう声を作ったのですが……なんでしょうか、先ほどからの違和感は？

そう、これは胡蝶を貰って数日、幻のクルト様を作る練習をしていた時のような違和感です。

見た目や口調は完全にクルト様なのですが、本物と何か違う、そんな違和感が。

「……リーゼママ」

「アクリ……あれは本当にクルト様なのでしょうか？」

「ううん、あれはパパじゃないの」

アクリが言いました。

やはりそうですか……そうですわね。

「感覚強化《ロングセンス》」

補助魔法で嗅覚を強化します。

結果、それは確信に変わりました。

たしかにクルト様の香りはしますが、クルト様が普段から使っている石鹸《せっけん》の香りが全くしません。

あのクルト様は――いいえ、クルト様とは呼べないそのなにかはクルト様の偽者です。

しかし、いったいどういうことでしょうか？

ここで出て行って本物のクルト様の居場所を聞き出したいですが、あれが使い捨ての駒だとするのなら、下手に質問をしてもはぐらかされるでしょう。

せめてあれの目的でもわかれば。

「では、早速施術を開始します。背骨から整えていきますね」

偽者がクルト様の声で言います。

『よろしくお願いします』

私は偽者の整体を観察することにしました。

「ユーリママ、いたそうなの」

「痛そうですか？」

普通に笑顔で施術を受けているようにしか見えません。

……あ、違いました。

あの笑顔はあくまでも幻影でした。

ちょうどユーリさんの顔は偽者からの死角になっていますので、顔の部分だけ幻影を解除します。

ユーリさんはこれまで見たこともないような、苦悶《くもん》の表情を浮かべていました。

偽者とはいえクルト様に施術していただいている喜びに耐えている表情――ということはありませんわね。アクリの言う通り、痛みに耐えているのでしょう。

本物のクルト様でしたら、整体にそのような痛みを伴わせることは絶対にありえません。

「どうですか？　痛くないですか？」

偽者が尋ねました。

ここは相手の出方を見るためにも続けさせましょう。

『ええ、気持ちいいですわ』

「そう言っていただけると光栄です。では、今度は腰のあたりを整えていきますね」

偽者はそう言いながらユーリさんの腰を親指で押した――その時です。

私は決定的な現場を目撃しました。

これで十分です。

「アクリ、二人の前に出ますわよ」

「わかったの！」

私はアクリと一緒に転移致しました。

「そこまでですっ！」

◇◆◇◆◇

「ということがありました」

リーゼが私――ユーリシアにそう説明したが、いまだに信じられない。

リーゼの説明を聞きながら簀巻きにして、転がしているこのクルトが偽者だなんて。

アクリにはいったん部屋に戻ってもらい、二人がかりで尋問することになった。

リーゼは「偽者のクルトを取り調べ、本物のクルトがどうなっているか探る」と息巻いているが、私にはどうしてもこれが偽者とは思えなかった。

ちょっと試してみるか。

「クルト、お前が一番尊敬している冒険者は誰だ？」

簡単な質問からした。

本物であれば、答えは当然、私だろう。

そんな私の質問に、このクルトは間髪《かんはつ》容《い》れずに答えた。

「ゴルノヴァさんです」

「………偽者かもしれないな」

「えぇっ!?　何でですかっ!?」

ダメだ、今の質問は私の精神的に来るものがあった。

いや、気を取り直して別の質問もしてみるか。

「クルト、私と最初に出会った時、私が掘り当てた宝石はなんだったか覚えているか？」

「トパーズです」

正解だ。このことを知っている人物はそうはいない。

やはり本物なのか？

「ユーリシアさん、お願いです。縄を解いてください」

うるうるとした目で、このクルトは私に懇願《こんがん》してきた。

そんな目で見るな、今すぐ解きたくなってくる。

「ユーリさん、正気を保ってください。これは偽者です！」

「それはお前の妄想かもしれないだろ」

「アクリもクルト様ではないと言っています」

ぐっ、リーゼだけならまだしも、アクリが偽者と断言するのはよっぽどだ。

今度はリーゼが、目の前のクルトに尋ねる。

「あなたは工房主《アトリエマイスター》ヴィトゥキントの手先ですか？」

「今は雇われていますが、手先ではありません」

「なんで髪の毛を抜いたのですか？　髪があればリーゼロッテ第三王女を呪うことができる。そうすればイザベラ――ヴィトゥキントの姪《めい》であるあの子が王族として認められるからではありませんか？」

「違います！　信じてください、リーゼさん」

「あなたにリーゼさんだなんて呼ばれたくありません」

ここまでリーゼが言えるということは偽物なんだろうな。

「クルト……いや、クルトじゃないのか。さっきの整体、とっても痛かったぞ。あれはどういうことなんだ？　髪の毛を抜くためか？　お前がクルトと同じ技術を持ってるなら、痛みを感じさせずに整体をし、髪の毛を抜くことくらいできるはずだろ？」

「え？　痛かったんですか？　気持ちよくなかったんですか？」

「正直、激痛で意識が飛ぶかと思った。まぁ、肩は軽くなってるから効果はあったんだろうけれど、あの激痛は二度と味わいたくない。お前、昨日工房で、宿の主人に整体をしたって言っていただろ？　その主人にも同じことをしたのか？」

「そんなことはありません。僕は昨日……昨日？　あれ、昨日」

クルトの様子がおかしくなった。

「あれは本当に昨日だったの？　無理やり肩を揉んでも痛みが増すだけだって……そういえば僕の

浴衣は？　ルナさんに浴衣を作ってあげて、あれ？　そういえば僕、今日は工房に行ってそこでなにが……昨日、今日、昨日――」

突如、クルトが倒れた。

「クルトっ！」

私はクルトを起きあげ……そして気付いた。

「なんだこれ？」

クルトの顔に触れたが、その手触りはまるで木のように硬《かた》い。

死後硬直《しごこうちょく》というわけではない。

これはまるで人形だ。

さっき触れられた時は、たしかにクルトの指の感触だったのに、その指も今は木のように硬くなっている。

「そういえば、遺跡で見つけたリストのうち、まだ魔道具が発明されていないものの中に、魔力に応じていろいろと変わる素材や、毛髪から魂の情報を読み取る道具というものがありましたわね。それらの技術を使って作られているのでしょうか？」

「ていうことは、これはヴィトゥキントが作った人形だったってことかっ⁉　記憶もしゃべり方も全部クルトだったのに」

「些細な違いはありましたが――」

読み取った魂の情報が魔力のようなものなのだとしたら、毛髪からクルトの魂の情報を複製し、人形に流し込んだ。

その結果、この人形が作られたのではないではないか？

ただ、魂を複製しても、クルトのとんでもない能力だけは複製できず、整体で激痛が走ったのではないか？

私とリーゼが考え込んでいると、ミミコが部屋に入ってきた。

「姫様、それにユーリシアちゃん！　ヴィトゥキントの正体がわかった。クルトちゃんが偽者だったことを伝えて国家反逆罪をちらつかせたら、宿の主人がようやく全部話してくれたよ……ってなにこの人形？　クルトちゃん？」

「ああ、後で説明するよ。それで？」

「わかった。宿の主人、どうやら温泉の偽造を頼んでいたらしいの」

「温泉の偽造？」

ミミコが言うには、最近、この宿の温泉の源泉が枯渇《こかつ》し始め、お湯の温度もどんどん温《ぬる》くなっていった。

このままでは温泉宿を続けられない、そう危惧《きぐ》した主人はヴィトゥキントに相談に行った。

そこで彼が望んだのは、リーゼの髪だったそうだ。

髪を何に使うのかわからず不安だったが、主人はヴィトゥキントに縋《すが》るしかなかった。

髪ならお風呂の脱衣場や寝所で簡単に手に入る。

主人はそう思っていたらしい。

だが、ここで思わぬことが起こった。

クルトだ。

掃除ランクSSSのクルトが脱衣場や部屋の掃除をしてしまった。

当然、髪の毛どころか砂一粒、埃《ほこり》ひとかけらも残っていなかったので、髪の毛を入手することができなかった。

「待て、そこまでの話はわかったが、でも温泉なら今朝も普通に使えたぞ？」

「それがヴィトゥキントの力なの。彼はある薬を用意した。その薬の粉末を水に入れると、化学反応が起こって発熱し、お湯の温度が上がって温泉と同じ成分になるんだって」

それって入浴剤って言うんじゃないか？

いや、お湯を沸かす手間がないから入浴剤より便利か。

たしかに一昨日はお湯の温度が低かったし、昨日はアクリには不評だったが大人の私にとってちょうどいい湯温だった。

「でも、そんなことしたら客が気付くんじゃないか？」

私の問いに、ミミコは首を横に振った。

「それが、お湯の成分は完全に前の温泉と同じ。成分じゃなく、臭い、色、触り心地まで全部ね。

お湯の温度も、お湯の出が悪くなる前と全く同じ。似ているんじゃなくて同じだってヴィトゥキントは言っていたそうよ」

「全く同じって、そんなこと可能なのか？」

その問いかけに、ミミコは頷く。

「うん、これは私の予想だけど――ヴィトゥキントは複製士よ」

◇◆◇◆◇

気付いた時、僕、クルトは椅子に座った状態で胴体が縛られていた。

かなり頑丈にできているのか、縄が切れる様子はない。

少し頑張れば腕だけは動かせそうだけれど、結び目がどこにあるのか。

「おや、目覚めたんだね、クルト君」

「……ヴィトゥキントさん」

目を覚ました僕の前にいたのは、ヴィトゥキントさんだった。

ただし、僕が知っている彼とは様子が違う。

僕が知っているヴィトゥキントさんは儚《はかな》げというか、自分を卑下《ひげ》するところが多く、どこか僕と重なっているところが見えた。

しかし、この目の前のヴィトゥキントさんは、見ただけでも自信に溢《あふ》れているのがわかる。

ルナさんが出会ったのは、このヴィトゥキントさんなんだ。

「ヴィトゥキントさん？　様を付けるんだ。君は僕に雇われているんだからな」

「本当にあなたが、でも、さっき——」

僕は周囲を見る——すると、そこに見知った顔があった。

門番さん、作業をしていた研究員の皆さん、それにもう一人のヴィトゥキントさんも……でもあれ？

死んでいるんじゃない。

よく見れば、あれは全部……人形？

「あぁ、気付いたのか。よくできているだろ？　いやぁ、ラピタル文明の遺物というのはなかなか凄いじゃないか。魔力を流すだけで、人間と同じ肌を再現できるようになるんだから。それに人間の魂を複製して注ぎ込めば、複製人形の出来上がりだ。僕の言うことは絶対に聞き、記憶や能力まで再現できる。凄いだろ？」

「じゃあ、この工房にいた全員、人形だったんですか!?」

「ああ。驚くのも無理ないよ。人形といっても、魔力を注いでいる間は表面だけでなく内臓も血管も全て人間そのものだからね。女性型の人形だと、妊娠《にんしん》もできるよ。もっとも、子供を産むまで長時間身体を保っていられないから、子供が生まれるかどうかはわからないけれどね。まぁ、男性型の人形を使って生身の女を妊娠させたが、男の人形が稼働停止すると同時に胎児も女の胎内《たいない》で死んだ。きっと子供は無理だな」

「そんな実験まで……」

しかし、このそっくりな人形、誰もいない工房、そして性格が全然違うヴィトゥキントさん。

全てが彼の言っていることが真実だと告げる。

「僕をどうするつもりですか？」

「もちろん、僕のような人間が全てを告げる時、行うことは一つだよ。君には死んでもらう。ミミコ第三席宮廷魔術師の間者くん」

「――!?」

バレている？

「驚くことはないよ。人形には記憶も複製されるって言っただろ？　君の人形を作れば、君の隠し事は全て把握できるというわけさ。シーン山脈のハスト村というどこにでもある田舎の平凡な村の出身で、戦闘適性はGランク。戦いではなんの役にも立たない一方で、それ以外の適性はCランクとBランク。秀でた特技もないけれど、雑用係としてはオールラウンダー……だったかな？　全部君の複製人形が教えてくれた情報だよ。仲間のリーゼ、ユーリシア、ミミコ第三席宮廷魔術師と娘のアクリは宿で待機していると」

僕が知っている情報は全部筒抜けになっている。

このままではみんなが危ない。

「とまぁ、死んでもらおう……とは思ったけれど、気が変わってね。戦闘適性がGだというのなら、仮に歯向かわれても僕の敵じゃないし、秀でた能力がないとはいえ、ここまで戦闘以外、万能にこなせるのなら雑用係としては最適だ。複製人形を作るには、生きている人間から採取した髪を一日以内に入れる必要があってね。しかもその寿命は最長で三カ月、能力が高ければ高いほどその寿命は短くなって、僕の複製人形なんて五日もすれば壊れちゃうんだ。そこの人形でもう十体目だよ。本当に優秀過ぎて大変さ。まぁ、複製人形を作れるのは僕だけだから、当然だよね」

「……違います、この複製人形を生み出すための技術を作ったのはラピタル文明のひとたちです。ヴィトゥキントさんの力ではありませ――」

乾いた音が響く。

ヴィトゥキントさんが僕の頬をはたいたのだ。

「様を付けろって言っただろうが！　ラピタル文明の奴らが残した遺物をこの世に蘇らせたのは僕だ。僕は凄いんだ。転移装置も魔力を吸収する士もそしてこの複製人形も、複製士である僕が作ったんだ」

「複製士？」

知らない言葉に、僕は首を傾げる。

「聞いたことがないか？　複製士というのは――」

◇◆◇◆◇

「複製士っていうのは、ヴィトゥキントの父親が名乗っていた職業なの。ちなみに、その父親の名前もヴィトゥキントね。彼の家は代々、長男がヴィトゥキントの名前を襲名《しゅうめい》することになっているそうだから」

私——ユーリシアたちはヴィトゥキントの工房に走りながらミミコから話を聞いていた。

「見た物、触った物、その複製品を作ることに特化しているの。さすがに人間の複製品は作っていなかったみたいだけれど、それ以外ならなんでも作ったわ。名匠が鍛《きた》えた剣も、一流の料理人の奇跡の一皿も、数十年熟成した葡萄酒《ぶどうしゅ》だって、ヴィトゥキントはそれと全く同じものを複製していったの。まるで魔法みたいに」

「それってすごいんじゃないか？」

「ええ。帝国の複製士として有名だったから、ヴィトゥキントのことを調べた時に、父親の情報もすぐに入って来たわ。悲しい最期《さいご》とともに」

ミミコは空を見上げて言う。

「その父親になにかあったのですか？」

リーゼが尋ねた。

「世間は、ユーリシアちゃんのように彼を認めなかったの。まぁ、そりゃそうよね。誰だって自分が苦労してようやく作り上げた最高傑作を簡単に複製されたら腹が立つもの。陰口だけならまだしも、あからさまに彼のことをバカにする人も現れたわ。そして、彼の父は——」

◇◆◇◆◇

「自殺した。僕が十五歳になった日のことだ。最後まで父は世間を恨んでいた。そんな父の死にざまを見て、僕は亡き父に誓った。複製士の力を世間に知らしめてみせると。そこで僕は考えた、誰かが知っているものを複製するからバカにされるんだ、ってね。だけど誰も知らない、古代の遺物を複製すればそれは僕の発明になる。そしてクルト君、僕はラピタル文明の遺跡を調査し、君が見つけた小部屋を発見したんだ」

ヴィトゥキントさん——いや、ヴィトゥキントはそう語った。

「古代人の技術というのはさすがだね。毛髪から魂のデータを読み取る装置を作るのにさらに七年、転移装置の再現には三年の時間が必要だったし、一番簡単そうに思えた変化する素材を生み出すのには十年以上かかったよ」

「それは凄いですが——でもそれなら遺跡で遺物を見つけたことを報告してから作っても——」

「そうしたらお前らはまた僕のことをバカにするだろうが！　複製品を作る一族だって」

ヴィトゥキントはそう言って僕の反対側の頬を叩いた。

「はぁ、これ以上痛めつけても意味はない。君にはこの上の階に、他の連中と同じように監禁させてもらうよ」

「他の連中？」

「ああ、ここの人形の元となっている奴らさ」

よかった、全員生きているんだ。

「諦めてください。僕がここに監禁されていることに気付けば、ミミコさんたちがやってきます。そうすれば――」

「気付かないさ。言っただろ？　君の複製人形を作ったって。今頃リーゼロッテ王女の整体を行っているさ。彼女の毛髪を入手させて、俺はそれを姉上に渡す。それで君の人形には、僕のことは問題なかったと報告させるさ。そのまま君たちは工房に戻るだろうから、人形には折りを見てこの工房に来てもらう必要があるが……まぁ、君の能力からして、一カ月くらいなら人形の寿命も持つだろう。誰も君が入れ替わっていることには気付かない。君の友人も、娘も、誰も――」

ヴィトゥキントが笑った、その時だった。

「クルト、いるかっ！」

「クルト様、いたら返事してください」

一階の方から、ユーリシアさんとリーゼさんの声が聞こえてきたのだ。

「バカなっ！　複製人形はなにをしているっ⁉」

ヴィトゥキントは驚愕《きょうがく》して声を上げる。

よかった、二人は僕の複製人形を偽者だと見破ってくれたんだ。

「ここで――」

僕は大きく息を吸って叫ぼうとして、ヴィトゥキントに口をふさがれた。

「おっと、叫んでもらっては困るな。幸い、ここは研究室のさらに奥にある隠し部屋だ。この場所に気付かれる前に抜け穴から外に出る。その後はこの屋敷ごと燃えてもらうとするか」

ヴィトゥキントはそう言って、炎の出る魔道具と、液体の入った瓶を取り出して机にセットした。

おそらく中身は可燃性の液体だろう。

あの蓋を開ければ、液体は気化し、室内に充満する。

そんな状態で火の魔道具を使われたら大変なことになる。

そうだ――

僕はもがき、縄が緩んだところで手を袖の中に入れた。

その直後、けたたましい音が部屋中、いや、工房中に鳴り響く。

「なんだ、一体この音はなんなんだ？」

僕が作った防犯ブザーの魔道具だ。

「止めろ！　いますぐにっ！」

ヴィトゥキントがそう言って僕の顔を殴りつけた。

「ここかっ！」

そんなユーリシアさんの声が聞こえた次の瞬間、壁《かべ》に切れ目が入り、倒れてきた。

その壁の向こう側から現れたのは、ユーリシアさんとリーゼさんだった。

「動くなっ！　こいつがどうなってもいいのか⁉」

ヴィトゥキントは僕の顔にナイフを向ける。

「あら？　クルト様でしたらもう保護しましたわよ」

そんなリーゼさんの言葉と同時、リーゼさんの前に僕の姿が現れた。

これは――そうか、そういうことか。

どうやら隣にいる僕の姿は見えないらしく、ヴィトゥキントが隠し通路の方に一歩後ずさる。

「ユーリシアさん、今です！」

「わかった！」

ユーリシアさんが跳躍《ちょうやく》した直後、リーゼさんが胡蝶による幻影を解除。

リーゼさんの横にいた偽者の僕が消え、本物の僕の戒《いまし》めをユーリシアさんが斬り裂いた。

リーゼさんが、どこか誇らしげに口を開く。

「どうですか、これが本物の偽者の力です！」

「偽者に本物はないだろ。しかしよくやった」

僕はようやく自由になれた。

「ありがとうございます、ユーリシアさん、リーゼさん」

「どういたしまして」

「無事でよかったですわ」

本当に嬉しい。

こうして助けてくれたことも嬉しいけれど、なにより僕の人形を偽者だと見破って来てくれたことが嬉しい。

「バカな、僕はたしかにクルトの複製人形から、リーゼという女が持つ特殊な力について聞いたぞ！　補助魔法や光魔法が使え、弓矢が得意だと聞いたが、なんだ、その魔道具は!?　そんなとでもないものがあるなんて俺は聞いていない――」

「え？　この魔道具って珍しいんですか？　僕の失敗作ですけれど」

「なん……だとっ!?　それが失敗作……だと……」

ヴィトゥキントが驚き、声が小さくなった。

やっぱり工房主《アトリエマイスター》ともなると、失敗作を世に出すのはおかしいと思われるのかな？

狼狽《うろた》えるヴィトゥキントを、ユーリさんとリーゼさんが睨みつける。

「さて、覚悟しな！　よくも私をあんな痛い目に遭《あ》わせてくれたね」

「そうですわ。クルト様の偽者を作るなんて言語道断です！　他にクルト様人形はここにはないようですわね」

リーゼさんが周囲を警戒して言う。

僕の偽者に襲われるのを恐れているのか。

そうだ、あのことを早く伝えなきゃ。

「この天井裏に、監禁されている人たちがいるそうです」

僕がそう言ったせいで、ユーリシアさんとリーゼさんの意識が天井に向かった。

その隙を見逃さなかったヴィトゥキントは、咄嗟に隠し通路がある壁の方に向かうが――

「はい、残念でした」

そこからミミコさんが現れた。

「ミミコ、突然いなくなったと思ったら、お前どこから入ってきてるんだ」

「ヴィトゥキントを逮捕《たいほ》できる確信を持てた時から、隠し通路を捜させていたの。危なくなったら絶対に使うと思って。まさかこんなところに繋がっているとは思わなかったけれど」

ミミコさん、凄い。

僕が捕まって僅かの間に、隠し通路までを見つけたんだ。

ヴィトゥキントは観念したのか、その場に座り込んだ。

「くそっ、なんでこんなことになった。僕は全て正しいはずなのに！」

ヴィトゥキントはそう叫んだ。

だけど、全て正しい人なんていない。

「観念して大人しくするんだな。まぁ、王族に危害を加えようとしたことであんたは死刑だろうけど」

「王族っ!?　そうだ、ユーリシアさん、リーゼロッテ殿下は無事なんですか？」

「あ……あぁ、そのことだが、あれは嘘だ。ヴィトゥキントの動きを見るためのミミコの嘘。本当はリーゼロッテ殿下はここには来ていないよ」

「え？　そうだったんですか!?　それならそうと教えてくれたらよかったのに」

「敵を騙すならまず味方からって言うだろ」

それはそうかもしれない。

実際、話を聞いてしまっていたら、僕の複製人形が作られた時に全部明るみに出てしまっていた。

「死刑になる前に、いろいろと聞き出さないといけないようだけど。まずはこの屋敷に監禁されている人の保護が先かな？」

ミミコが言ったその時だった。

「一人じゃ死なない。全員吹き飛べっ！」

ヴィトゥキントはそう言って、隠し持っていたボタンを大きく押した。

それと同時に、机の上の火の魔道具から炎が噴き出した。

第4話　ヴィトゥキントの企みと正体

「怪我人はいないようね。人質には結構丁寧に接していたみたい」

監禁されていた人全員が無事に保護され、工房から連れ出される中、僕たちは調査のため、ヴィトゥキントと一緒に研究室に残っていた。

あの時、僕は咄嗟に、袖の中から氷の魔道具を取り出し、可燃性の液体に向かって使った。

液体は完全に凍り付き、火の魔道具の炎を浴びてもびくともしなかったのだ。

「クルト、よく氷の魔道具を持っていたな。さすがにあれは私も冷や汗ものだったよ」

「まったく、ユーリさんの油断のせいで全員黒焦げになるところでしたわ」

「私のせいじゃないだろ！　悪いのはボタンを隠し持っていたことに気付かなかったミミコだ！」

ユーリシアさんとリーゼさんが口喧嘩《くちげんか》を始めたため、氷の魔道具は実は僕が用意した物ではないと言い損ねた。

本当に仲がいいな、この二人は。

そんな二人を見ながら、僕は置いてあった道具を確認した。

「これが毛髪から魂の情報を取り出す機械ですか。ヴィトゥキントさん、あなたは取り出した魂をどうやって人形に移していたんですか？」

僕の問いかけに、ユーリさんが首を傾げる。

「クルト、どういうことだ？　私たちにもわかるように説明してくれ。魂を取り出したらそれでいいんじゃないのか？」

「彼が複製人形のために使っている魔道具は二種類。一つは毛髪から魂の情報を読み取る魔道具。そしてもう一つは人形を作るための素材となる魔道具です。読み取った魂を人形に移すための道具がありません」

そもそも、毛髪情報から魂の情報を取り出す魔道具というのは、職業の適性検査のデータを抽出する道具に近い。

魂を人形に移すことはできないだろう。

僕はそう考えながら、ヴィトゥキントに問いかける。

「あなたは最初から持っていたんじゃありませんか？」

「なんのことだ？」

ヴィトゥキントが僕を睨みつけるように言った。

「ユーリシアさん、転移装置が作られたのって結構前ですよね？」

「ん？　あぁ、ヴィトゥキントが工房主《アトリエマイスター》になる少し前だから、十年くらい前か。それがどうしたんだ？」

僕の問いに、ユーリシアさんが尋ねる。

「時間が合わないんですよ。ヴィトゥキントさんの話と。ヴィトゥキントさんは今、二十五歳くらいですよね？　十年前に工房主《アトリエマイスター》になったのなら、十五歳の時に転移結晶を作ったことになります。でも、ヴィトゥキントさんは転移装置を作るまでに三年、その前に毛髪から魂のデータを読み取る装置を作るのに七年の時間を必要としたと言っていました」

「え？　それっておかしくないか？　七年に三年……そうすると、こいつは五歳の時に遺跡を見つけて魔道具を発見したことになるぞ」

「そもそも、お父さんが自殺してから遺跡の調査を始めたんじゃないの？」

ユーリシアさんとミミコさんが妙だということに気付いた。

そこで、僕はある仮説を立てた。

「もしかしたら、遺跡の隠し部屋を発見したのも、転移装置や毛根から魂のデータを読み取る魔道具を作ったのもヴィトゥキントさんのお父さんではないでしょうか？」

「つまり、それらの作り方を見つけて、息子に伝えてから自殺したってことか？　でもそれなら、自分で発表すれば見返せたんじゃないのか？」

「自分で発表すれば怪しまれると思ったんじゃないでしょうか？　いままで複製品しか作ってこなかった人が、突然画期的な発明をしたと言えば、なにかを複製したんじゃないか？　そう思われるのを恐れたんです」

「なるほど、それで父親は自分の意思と恨みを、息子に託したと――」

ユーリシアさんが美談で話を終わらせようとしたが、僕は首を横に振った。

この話はそんないい話ではない。

「たしかに遺志と恨みを託したかもしれませんが、それだけではありません。たぶん、全てを託したんです。記憶も、そして自分の魂さえも」

「――っ!? クルト様、それってまさか――」

「きっと、この人はヴィトゥキントさんのお父さんです」

僕の言葉に、彼はなにも答えない。

でも、僕の予想はたぶん正しいと思う。

その理由もある。

「待て、たしかヴィトゥキントの家は代々長男がその名前を継承するって言っていたよな。まさか、その風習は、先祖から代々自分の魂を息子に受け継がせていくために――」

「その通りだ。うちの家系は代々、ヴィトゥキントという一人の男の記憶を古代から現代に引き継がせるための道具に過ぎない」

ユーリシアさんの言葉を遮って、ヴィトゥキントが口を開いた。

「じゃあ、やっぱり――」

「勘違いするな。僕は初代のヴィトゥキントじゃない。五十年前、僕の父――この肉体の祖父にあたる男は、僕の前の身体を奪うために、魂を移すための魔道具を使おうとした。そのことに気付いた僕は先手を打って父を殺した。その後だよ。初代ヴィトゥキントの目論見《もくろみ》を全て記した手記を見つけたのは。恐ろしいことに、彼は古代ラピタル文明の生き残りだったらしい」

「じゃあ、魔道具の在処《ありか》をお前が知っていたのも」

「手記に書いてあった」

ユーリシアさんの問いに、ヴィトゥキントは頷いた。

「父――いや、初代ヴィトゥキントはとても優秀な複製士だった。彼は栄誉などは求めず、ただひたすらに誰かのために動いていた。私はそんな彼の生き方には納得できず、地位と名誉を求めて複製士としての能力を最大限に使ったが、結局は失墜《しっつい》した。初代ヴィトゥキントが残した魂を移すための魔道具――それを使おうと思うまで時間はかからなかった。もっとも、なかなか男の子が生まれなかった時はさすがに焦ったがね」

そういえば、ヴィトゥキントさんにはお姉さんが六人もいるんだった。

大家族なんだなと思ったけれど、男の子が必要だったのか。

「この体の本来の持ち主である息子は、とても優秀ないい子でね。ギリギリまで迷ったよ、本当に息子の身体に魂を移していいのかと……しかし、結局僕は初代ヴィトゥキントと同様、自分の息子に魂を移した。古代人の叡智《えいち》を引き継ぐためではなく、ただ世界を見返すそのためだけに。しかし、それももう終わりだ。僕は息子を失い、そして今度は全てを失った」

ヴィトゥキントはそう項垂《うなだ》れるが、僕は首を横に振る。

「失っていません。息子さんの魂はまだあなたの中にいます」

「どういうことだ？」

ヴィトゥキントが尋ねてきたので、僕はユーリシアさんたちの方に向きなおる。

「ユーリシアさん、リーゼさん、僕の複製人形と話したんですよね？」

「あぁ、なんか話の途中でおかしくなって壊れたが」

「じゃあ、おかしくなる前はどうでした？　喋り方とか、僕と違いはありましたか？」

僕が尋ねると、ユーリシアさんとリーゼさんは顔を見合わせる。

「正直、私は違いがわからなかった。王女の身代わりとして整体を受けたのが、すごく痛かったからおかしいと思ったが」

「私も些細な違和感の積み重ねでクルト様の偽者だと見破りましたが、しかし喋り方などはクルト様そのものでした。アクリは最初から違うと気付いていたようですが」

そう答えくれた。

「でしょうね。でも、彼の複製人形は全然性格が違うんです。たぶん、彼の中に入っているのが父親の魂だとしても、身体は息子さんのものだから、髪の毛から読み取れる情報は息子さんの魂なんじゃないでしょうか」

僕はそう言うと、研究室の中を物色し始めた。

「待て、貴様、俺に何をするつもりだ？」

俺？

あぁ、そうか、こっちが本当の口調なのか。

息子さんの真似をするために、「僕」と言っていたんだろうな
「そうですね——とりあえず——あ、これですか。魂を移す機械は」

僕はそう言って、隠すように他の発明品の中に埋もれていた、魂を移す機械を見た。

ヘルメットみたいなものが二つ、機械の管で繋がっている。

なるほど——こういう仕組みなんだ。

「これ、メンテナンスしていないんですね。複製人形の寿命が短いのは魔力が尽きたからじゃなくて、魂の転送が一部しかできていないからですよ。完全に送れていれば、複製人形の寿命は人間とそんなに違いがありませんよ」

見たところ、片方のヘルメットを被った者の魂の情報を、そっくりそのままもう片方のヘルメットを被った者に送り込む道具だ。

片方のヘルメットに抜き出した魂の情報をセットすることで、もう片方のヘルメットを被った人形に送り込み、動かしていたんだろう。

おそらく初代ヴィトゥキントからメンテナンス方法を教わっておらず、しかも無理やり髪の毛から抽出した魂を移すように改造したから、不具合が出ているんだろう。

「はっ!? お前、何を言っているんだ。俺にさえ仕組みが解明できていない機械の構造を、一瞬で見抜いたというのか」

「うーん、このまま使ったらダメだな。これなら最初から作った方が早そうですね」

僕はそう言うと、工房にある適当な魔道具の部品を拝借《はいしゃく》して、新たに魂の情報を移す機械を作り上げた。

「なっ、一瞬でっ!?」

一瞬って、ヴィトゥキントが大袈裟《おおげさ》なことを言う。

さすがに一回瞬《まばた》きする間にできるわけがない。

部品は揃っていたと言っても、瞬き十回分程度だろう。

僕は魂の情報を移す機械をヴィトゥキントと複製人形に装着した。

「ここから父親の魂だけをヴィトゥキントさんの複製人形に移します。ユーリシアさん、その前にそっちの複製人形を縛っておいてください」

「あ、あぁ」

疲れていたのか、少し呆《ほう》けていたユーリシアさんは慌てて頷き、人形を縛り上げる。

これで良し。

「待て、いくらなんでもそんな即席で作ったもので」

「大丈夫ですよ」

僕はそう言って、魔道具を作動させた。

直後——ヴィトゥキントは糸の切れた操り人形のように動かなくなった。

もっとも、この身体は人形ではないけれど。

そして——

「……はぁ」

ヴィトゥキントだった彼は、まるですべてが終わったかのようにため息をついた。

僕は彼の頭から魔道具を外して尋ねる。

「ヴィトゥキントさん……ですね」

「ああ、クルトくんだったね。父の中でずっと見ていたよ。ありがとう」

ヴィトゥキントさんは少し辛そうに微笑んだ。

「クルト様っ！　これは一体っ⁉」

ヴィトゥキントさんのお父さんの魂を移した複製人形の方を見ていたリーゼさんが、声を上げた。

リーゼさんが驚くのも無理はない。

なぜなら、魂を移された複製人形の姿がみるみる変わっていったからだ。

その姿は六十歳を過ぎているお爺《じい》さんにしか見えなかった。

「それが本当の父の姿です。僕の記憶よりはかなり老けていますが。久しぶりですね、父さん」

「……お前は俺のことを恨んでいるんだろうな」

「当然です。十五歳から十年間って、青春時代を失ったんですから。しかも、恋もせず、姉さんや母さんの我儘《わがまま》を全部受け入れ、イザドーラ姉さんに唆《そそのか》されてリーゼロッテ王女の複製人形を作ったあと、その複製人形で第二王女か第一王女の殺害を計画させるなんてどうかしてるよ！」

リーゼロッテ様の髪の毛を必要としていたのはそのためだったのか。

彼女はどこかの工房で修業中で、この町を出たらそちらに戻るだろうから、偽物を王宮に潜り込ませても鉢合わせになることがないと思ったのだろう。

「食事も疎《おろそ》かで、健康面にまったく気を遣う様子もなく、服は同じものを一週間以上着回すこともあるし、夜更かしもするし、暗い部屋で本を読むし、時間が惜しいのかトイレの中で食事をするし」

ヴィトゥキントさんが一気にまくしたてる。

お父さんの中からずっと見ていたって言っていたから、すごく鬱憤《うっぷん》が溜まっていたんだろうな。

「最後に、全部終わったから屋敷もろとも自爆っ⁉　なにを考えているんだよ。これは僕の身体なんだよ」

あまりにも正論過ぎて、ヴィトゥキントさんのお父さんはなにも言えないようだ。

ヴィトゥキントさんは、ため息をつきながら僕たちの方を見る。

「……はぁ、すみません、皆さん。僕たち親子のせいでこんなにご迷惑をおかけして。全て証言しますし、父が遺跡から盗んだ物もお返しします。ただ、一つだけお願いします。魂を移す魔道具……あれは僕たちの先祖が作り上げた物で、遺跡から盗んだ物ではありません。ですから――」

「その所有権はあなたたちにあると？」

ミミコさんが尋ねた。

ヴィトゥキントさんは頷き、そして魂を移すための魔道具を見た。

「父が持っていたもの、そしてクルトくんが作り上げたもの、その両方を……どうか全てが終わった後、破壊してください。僕のような犠牲者をもう出さないために」

ヴィトゥキントさんとお父さんは、ミミコさんが手配した女性衛兵たちにより連行されていった。

「ミミコさん。あの二人はどうなるのでしょうか？」

「ヴィトゥキントさんのお父様の数々の行為は、死罪は免れないわ」

ミミコさんが言った。

「でも、それはヴィトゥキントさんのお父さんがしたことで――」

僕の肩にリーゼさんが手を置いた。

「魂を移す魔道具は、あの方の願いで破壊されます。それを証明することはできませんし、彼も自分が父に乗っ取られていたことを証言せず、全ての罪を背負うでしょう」

「それじゃあ――」

「しかし、複製士としての技術は父親も息子も超一流だ。殺してしまうには惜しい人材でもある。

父親は危険思想の持ち主と判断され、自由に動かすことはできないだろうが、息子の方なら司法取引によっては、第三席宮廷魔術師殿の力でなんとかなるんじゃないか？」

ユーリシアさんが頭の後ろで手を組みながら、ウィンクをして言った。

その言葉を聞いて、僕の中に希望が出た。

「たしかに便利な能力よね、複製士。まぁ、表だっての司法取引というよりかは、もう裏取引に近いから、結果がどうなるかはみんなには教えられないけれど」

ミミコさんはそう言って笑った。

その笑顔に、僕は全てを察した。

「しかし、ヴィトゥキントも人がいいというか、自分の身体を乗っ取られていたんだから、もっと怒ってもいいもんだけどね」

ユーリシアさんがどこか呆れたように言ったが、僕は首を横に振る。

「確かにお父さんは、乗っ取ろうとしてきた自分のお父さん――ヴィトゥキントさんのお爺さんを殺したそうですけど、でも、ヴィトゥキントさんはそんなことしませんよ」

「そうなのか？　なんでそう思うんだ？」

「ヴィトゥキントさんの複製人形が、稼働停止する前、僕の服の裾の中に、こっそり氷の魔道具を隠してくれたんです」

たぶんそのために、ヴィトゥキントさんはゆったりした服を着てくるように言ったんだろう。

「氷の魔道具って、さっき爆弾を凍らせた魔道具か⁉　あれは自分で隠していたんじゃないのか」

「いいえ。きっとヴィトゥキントさんは、もしかしたらお父さんの作戦が失敗して、爆弾を使って自害する可能性を考えていたのかもしれません。そして、そのお父さんを救うために、僕に氷の魔道具を持たせようとした。複製人形に心を移して、複製とはいえ自分が死んでしまおうかというその瞬間でも、お父さんが生きる可能性を少しでも残そうとした……そう思うんです」

もちろん、ヴィトゥキントさんが危惧していたことが起こらなかったのかもしれない。僕が魔道具を隠し持っていることがバレたら終わりだし、お父さんの命を救うことだけを考えるのなら、もっといい方法もあったかもしれない。

本当にそんなことを考えていたのかはわからない。

お父さんではなく、自分の身体が大事だったのかもしれない。

複製人形だったヴィトゥキントさんが動かなくなってしまったその瞬間、僕には確かめる術《すべ》は無くなった。

それでも、最後に――衛兵に連行される少し前、手と手を取り合っていたあの父子の姿を思い出し、それ以上の詮索《せんさく》はしないことにした。

こうして、ヴィトゥキント工房への潜入任務は幕を閉じた。

ヴィトゥキントさんと取引をしていた宿の主人は、ミミコさんとの間で司法取引が成立していたらしく、国家反逆罪のような罪には問われない。

ただし、王室御用達《ごようたし》の看板は外されることとなるそうだ。

これまでの王族専用のような使われ方がされなくなり、国からの援助金が全て打ち切られるそうだ。ただ、臨時休業をして富裕層向けの宿に改装するそうなので、町全体としては観光客が増えるのではないかとユーリシアさんが言っていた。

ちなみに、温泉の枯渇の問題は、僕が新しい温泉を掘り当てたことで解決した。

元々火山地帯なので温泉を掘るなんて誰にでもできることなのに、宿の主人は大袈裟なくらい僕に感謝していた。

あと、町に些細な変化が起きた。

僕がルナさんに渡した浴衣が大受けし、温泉を使う人たちがこぞって浴衣を着て歩くようになったのだ。なんでも袖の中に小物を入れて持ち歩くのに便利で、着脱しやすく、涼しい服装というのが温泉街にマッチしているのだとか。

もしかしたら、温泉街といえば浴衣と言われるくらい、定着することになるかもしれない。

そして、僕がヴァルハ工房に戻って一週間が経過した。

リーゼさんが溜まっていた太守としての仕事を片付けるため書斎にこもりっきりになった他は、以前と全く変わらない生活を送っている。

ヴィトゥキントさんたちがどのような処遇を受けているか、ミミコさんからは教えてもらっていない。

ただ、さっきリーゼさんに話をするために訪れたミミコさん――彼女から届けられた温かい温泉饅頭を食べると僕は笑顔になることができた。

ミミコさんが言うには、新入りの研究員が作った温泉饅頭らしい。

きっとそういうことなんだと僕は思う。

◇◆◇◆◇

「まぁ、全てが丸く収まるわけがありませんわよね」

私――リーゼはミミコ様と一緒に執務室に入るなり、ため息をつきました。

今頃クルト様は、ルナさんが作った温泉饅頭を召し上がっているのでしょう。

「それで、ミミコ様、調査の結果はどうでしたの？」

「魂を自分の子供に移した貴族、ポラン教会の重鎮が二十七名いました。中には妾腹《めかけばら》の子だからと追放していた子供を無理やり連れ戻して魂を移した者もいたようです。どうやら魂の転移は直系の子孫にしか使用できないようで、中にはその魔道具が上手く作動しなかったことから、奥方の浮気に気付かれた貴族もいたそうです。王族に被害者がいなかったのは幸いです」

ミミコさんには、ヴィトゥキントがあの道具を使って他に事件を起こしていなかったかを調べてもらっていたのですが、どうやら大量に余罪が出てきたようです。

「幸いではありません。こんな酷い話、クルト様には聞かせられませんわね」

ヴィトゥキントの魂を移すための道具——それは言い方を変えれば不老不死にもつながる道具です。

当然、それを使おうとするものは多かったのでしょう。

「処罰の方はどうなりますか？」

「クルトちゃんが作ってくれた機械を壊さなくて正解だったよ。全員魂を吸い出して、その辺のぬいぐるみに移しておいた」

「ぬいぐるみって、そんなものに魂を移して大丈夫なのですか？」

「クルトちゃんが言うには、数十年は生きられるそうだから、本来より長生きできるってことね。『もしも望むなら、ぬいぐるみからもう一度あなたの元の身体に戻しますよ？』って言ったけど、全員望まなかったし。元の身体は土葬を終えてるから、もし戻していたらゾンビとして蘇ってたかもね。ちなみに、その魂を移していた貴族は、全員、最近になってイザドーラ様の派閥に加わった貴族たちでした」

「ということは、イザドーラ義母様は——」

「全て承知していたのでしょう。自分の弟の中に父の魂が入っていることも含めて……本人は黙っていますが。ただ、正式に認められていないとはいえ王妃を処刑すると王族の信用にもかかわりますから、白の塔に入られることになりました」

「白の塔——王族専用の幽閉施設ですか」

「ええ。また転移装置に関わる技術はラピタル文明の遺跡から盗まれた技術の転用であることが証明され、その独占権は剥奪されました。これにより、転移結晶と転移石の作成・設置は各国が自由に行えることになります」

それだけは唯一素晴らしい話です。

ただ、本題はこれからです。

ここからの話が、一番クルト様には聞かせられない話なのですから。

「それで、犯人はわかったのですか？　あの二人を殺した犯人が？」

——先日、諸々の聴取を一通り終え、軟禁状態に置かれていたヴィトゥキント父子が、死体となって見つかりました。

父親の方は死後、人形になっていたため死因はわかりませんでした。

息子の方は吹き矢による狙撃《そげき》です。換気用の小さな隙間から狙われたのでしょう。

ファントムによる警備をかいくぐり、そのようなことをできる者など、そうはいません。

ミミコ様にはその調査も頼んでいて、その報告を聞くのが今日になっていました。

「……すみませんがわかりません。ただ、犯行の手口、使われた毒の種類などはグリムリッパーと酷似しています」

「お父様直属の暗部組織ではありませんかっ⁉」

グリムリッパーは、ファントムと似たような裏の組織であり、その全貌は私でさえも把握しておりません。

そのグリムリッパーが動いたとは。

「裏取引が成立したのではなかったのですか？」

「ええ、国王陛下から許可を取っていたのです。まずは国内の浄化を終えた後、これから他国の魂を移した者の情報を聞き出すところでした」

「……他国からの要請ということでしょうか？」

「それも理由としてあったのでしょうが、一番はイザベラ様の為だと思います」

そのミミコ様の言葉に、私は首を傾げます。

「イザベラの？」

「はい。工房主《アトリエマイスター》ヴィトゥキントの父は、自分の子供に魂を移しました。その技術があるのならイザドーラ様もまた」

「成長したイザベラに自分の魂を移そうとする可能性があるということですか……そして、ヴィトゥキント父子が生きていたら、その技術を蘇らせるかもしれない」

「だからそれを阻止するために殺した、と。ならば、イザドーラ義母様を幽閉などではなく……」

——殺しておけば。

私はそう言いかけて、結局何も言うことができませんでした。

国王陛下は、自分の実の娘であり、私の妹であるイザベラだけでなく、イザドーラ義母様のことも愛していらっしゃったのですね。

「それと、工房の隠し通路の中でヴィトゥキントの祖父の手記が見つかりました。証言の通り、魂の転移を繰り返して知識を継承してきた古代人であることが書いてありましたが、古いインクのため、文字が掠れていて解読に時間がかかっています。ただ、その中で気になる単語がふたつありまして」

「気になる単語ですか？」

「はい。一つは大賢者、そしてもう一つはハスト村です」

「——っ!?」

大賢者とハスト村、それらはユーリさんのお祖母様の家にあった、お母さまからの手紙の内容と酷似しています。

「解読を進めてください」

「もちろん進めていますが、これ以上は難しいかもしれません。ヴィトゥキント父子を死なせてしまったことが悔やまれます。彼らなら手記の内容を詳しく知っていたかもしれないのに」

私は考えました。

不確かな魂にさえ干渉を及ぼすような魔道具を作りあげた凄腕の複製士。そんな存在と関係のあるハスト村とは、いったいなんなのでしょうか？

婚前の挨拶にいくための準備として、ファントムにシーン山脈を探させています。広大な山岳地帯のため調査が難航しており、いまだに村が見つかったという報告はありません。

山脈周辺の村の住民もハスト村という名前の村に聞き覚えがないそうですし。

いったい、クルト様は何者なのでしょうか？

◇◆◇◆◇

「クル、話があります。食堂にいらしてください」

ミミコさんがお土産に持ってきてくれた温泉饅頭を食べ終わった後、僕――クルトはマーレフィスさんに食堂に呼び出された。

マーレフィスさん、あの調査の時からずっと工房の客室に泊まっていて、こうして時折呼び出されることがあるんだよね。

ユーリシアさんとリーゼさんはあまりいい顔をしていないけれど、来週にはミミコさんの調査も一区切りつき、一緒に王都に行くらしいので、それまでは精一杯お世話をしようと決めていた。

ちょうどユーリシアさんがお風呂に行くところだったので、アクリを預かってもらい、僕は食堂に向かった。

「マーレフィスさん。どうしたんですか？」

その日は珍しく、マーレフィスさんはワインのコルクを抜いていなかった。いつも食堂に呼び出される時は、ワインを何本か空にして、おつまみを作るように言ってくるのに。

その癖で、ついつい、おつまみに何がいいかな？　と考えながらここに来たから拍子抜けしてしまった。

「クル、そこに座りなさい」

「え？　いいんですか？」

いつもなら同じ席に座ったら怒るのに。

何の話だろう？

昨日のおつまみに出した燻製《くんせい》チーズが不味かったのかな？

それとも、ワインの種類が少ないことを怒っているのだろうか？

不安に思っていると、マーレフィスさんは笑顔で僕に言った。

「クル、私と一緒に冒険者のパーティを組みませんか？」

「え？」

想像だにしなかった提案に、僕は思わず声を上げた。

いま、なんて言った？

マーレフィスさんが、僕をパーティに誘った？

「別に驚くことではありませんわよね？　元々同じパーティだったのですから。それとも、クルは昔、パーティを追放されたことを根に持っているのでしょうか？」

「そんなことはありません！　パーティを追い出されたのは僕の力不足ってだけで、ゴルノヴァさんの判断は……」

間違っていない。

そうだ。パーティから追放された原因は、僕のいたらなさにある。

「それはリーダーの見る目がないだけです。クルは立派に冒険者の雑用係として、役目を果たしておりました。当時は私もリーダー――いえ、ゴルノヴァに逆らうことができず、渋々クルにつらく当たってしまいました。ええ、本当はあんなこと言いたくなかったのです。私が泣いて引き留めてもゴルノヴァの命令は絶対。それなら、せめてクルがパーティを去る時、心残りがないようにと私もクルを追い出すことに賛成せざるをえなかったのです」

「マーレフィスさん……そうだったんですか」

僕のことをそんな風に思っていてくれたなんて。

いつも夜中にワインを買いに行かせたり、おつまみを作りに行かせたり、教会の業務を僕に代わりにさせたりしていたのは、僕への信頼の裏返しのようなものだったんだ。

僕は感動して、涙が出そうになった。

「残念ながら、ゴルノヴァは現在どこにいるかわからず、バンダナも……バンダナは時々私の前に現れますが――」

「あ、僕もバンダナさんと会いましたよ。元気そうでよかったです」

「そうですわね。私たちがパーティを組めばバンダナもパーティに戻ってくるかもしれません」

「バンダナさんもゴルノヴァさんにパーティから追い出されたって言っていましたからね」

「え？　バンダナが追放された？　まぁ、そうですわね。それならゴルノヴァがいなくなって戻ってくるかもしれません」

なんか情報に齟齬《そご》があった気がするけれど、マーレフィスさんは少ししどろもどろになりながら続けた。

「もちろん、今度はクルを追放したりしません。私の仲間になってください。一緒にまた冒険をしましょう！」

マーレフィスさんが真剣な目で僕にそう言った。

とても嬉しい。

僕はずっと戻りたいと思っていたんだ、「炎の竜牙」に。

ゴルノヴァさんはいないけれど、マーレフィスさんと一緒に冒険をし、そしてバンダナさんも同じパーティに入れたら、こんなに嬉しいことはない。

僕はマーレフィスさんをまっすぐ見据えた。

「マーレフィスさん――」

◇◆◇◆◇

「見事に断られたなぁ、マーレフィス」

「バンダナですか。断られたのではありません。私の入り込む余地がなかったというだけです」

裏庭でワインをボトルから飲んでいた私――マーレフィスのところに現れたのは、バンダナでした。

この人、私とクルの会話をいったいどこで盗み聞きしていたというのでしょうか。

「あなたも晩酌《ばんしゃく》に付き合いなさい」

「やけ酒の間違いやろ。まぁ、お供させてもらうわ」

バンダナはそう言って、まだコルクのついたままのワインボトルを手に取ると、スパっと手刀で瓶の先を切り落として飲みました。

バンダナにそのようなことができるのは意外です。

もしかして、飲みすぎて幻覚でも見ていたのでしょうか？

幻覚と言うのなら、さっきのクルの発言も幻聴であればよかったですのに。

『すみません、マーレフィスさんの気持ちはとても嬉しいです。でも、僕は工房主代理《アトリエマイスター》として、この工房を守っていく義務があるんです』

クルはそう言って私の誘いを断りました。

あんなふうにクルが自分の意見をぶつけてきたのは初めてのことです。

「クルってあんな目もできるのですわね」

「ああ、私たちがちゃんとクルを導《みちび》けていたら、もっと早くあんな目をしていたんだろうな」

「そうさせなかったのはあなたのように思えますが」

私が睨みつけると、バンダナは笑って誤魔化しました。

まったく……この人は本当にわかりません。

「じゃあ、クルトの成長に乾杯とするか？　それともクルトに振られたマーレフィスに乾杯にしとく？」

「あなたという人は……はぁ、綺麗な月に乾杯でいいでしょう」

私はそう言って、空に浮かぶ丸い月にワインのボトルを掲げました。

そして、その月の美しさに私は決意を新たにします。

「私は諦めていませんわ。クルは私のことを嫌っている様子はありませんから、まずは周囲から切り崩し、必ずあの子を手中に収めてみせます！　そしてクルにだけ働かせて、その功績を全て私のものにしてみせます！」

「おぉ、頑張れ、マーレフィス、その意気や！」

私はバンダナに囃《はや》し立てられ、ワインを一気に飲み干したのでした。

翌朝、酷い二日酔いを患って寝込む私を、素振りにきたカンスという冒険者が発見した時には、バンダナの姿は当然消えておりました。

第5話　転移の先にあったもの

私――ユーリシアは、クルトとリーゼの三人（どうせファントムもついてきているんだろうけど）で、ヴァルハ西のラピタル文明の遺跡に来ていた。

その目的は、ヴィトゥキントが盗み出し、工房内に隠していたオリジナルの転移結晶を、元の転移石に戻すためだ。

ミミコも一緒に来るはずだったのだが、温泉宿に泊まった時のマッサージ代の精算について王室の財政担当監査官から呼び出されたらしく、急遽《きゅうきょ》来られなくなった。

まぁ、そりゃそうだよな。

そんなことより、転移装置の転移先というのが気になる。

高次元への転移を目的とした、不完全な転移装置。

それが起動した時、いったいどこに飛ぶのか？

一方通行になっていた、サマエラ市近くの遺跡の奥にあった転移石に飛ぶだけだというのが私の予想だけれども、それだけで済まない可能性がある。

そのため、危険が完全にないという可能性が否定できず、アクリは留守番となった。

また心配させるわけにはいかないから、今日中に急いで帰らないといけないね。

例の転移石がある部屋まで進みながら、リーゼがぶつくさ言う。

「何度来ても埃臭い場所ですわね」

「リーゼ、文句を言うのならアクリと一緒に留守番をしていてもよかったんだぞ」

「あら、クルト様が行くところがこのリーゼが進む道ですわ」

「本当にぶれないな、お前は」

ここまではっきり言っているのに、全て聞こえているはずのクルトはいまだにリーゼの好意に気付く様子はない。

まぁ、それに関しては私がどうのこうの言うつもりはない。

本当に二人が付き合うことになるとしたら、その前にリーゼは自分の身分を打ち明けなければいけないからな。

リーゼはクルトのためなら王族の立場に何の未練もないだろうが。

「ここですね」

クルトは転移石の前で、持っていた鞄を下ろし、中からオリジナルの転移結晶を取り出す。

私たちが使っている転移結晶はアクセサリーにもできるような小さいサイズだが、オリジナルの転移結晶は重さだけでその千倍はある大きなクリスタルだった。

ミミコが調べたところ、構成している物質は不明。

この転移石の行き先を調査した後、再びここの台座から外して持ち帰ることになっている。

「じゃあ、嵌めますね」

「待て、それは私がやる」

古代の魔道具、転移装置、どんな危険があるかわからない。

私はクルトからオリジナルの転移結晶を受け取ると、装置に嵌めた。

その直後、転移装置が強い光を放ち、なにやら音が聞こえてきた。

装置の中で何かが高速で動いているような音だ。

「ユーリさん、何をしたんですか!?」

「私は転移結晶を嵌めただけだっ！」

「リーゼさん、ユーリシアさん、落ち着いてください。装置が正常に起動しているだけです」

え？　正常？

たしかに暴走している様子は……ない？

そもそも正常がどんな状態なのか、暴走したらどうなるかわからない私には判断できかねる。

ただ、クルトが正常だというのなら正常なのだろう。

「これで転移できるのか？」

「はい。転移先は二カ所のようですね。ここにあるスイッチを捻《ひね》ると切り替えできるみたいです」

「二カ所か。一つはサマエラ市近くの遺跡だろうな」

「そうすると、もう一カ所はどこでしょう？」

リーゼの質問に、私は答えられない。

そんなのわかるわけがないのだから。

「私が転移する」

「そんな、ユーリさん。危険ですよ。ここは犯罪者を使って実験するというのはどうでしょうか？」

リーゼがとんでもないことを言い出した。

「いや、転移先に危ない魔道具が無いとも限らないからな。犯罪者にそんな所に行かせるのはもっと危険だ。転移した途端に魔物の群れに襲われることもある。一方通行の転移装置かもしれない」

「それなら、複製人形を使って――」

「魂を移すための魔道具は破壊しただろ」

「うっ、そういうことになって――そうでした」

さては、リーゼの奴何か隠してやがるな。

まぁ、なにか理由があるのだろうから、これ以上は追及しない。

「なに、ちょっと転移して戻ってくるだけだ。ただし十分経過して私が戻らなかったらお前たちは転移結晶を持って工房に戻れ」

私はそう言うと、ガスマスクを装着し、クルトとリーゼの制止を振り切り、転移石に触れた。

直後、私は見知らぬ場所に設置された転移石の前にいた。

大理石の床に天井、柱……ということは、どうやら建物の中らしい。

ただ、変わった部屋で、四面に壁がなく、柱の向こうは外になっている。

部屋の真ん中には下の階に続く階段、上の階に続く階段がそれぞれ設けられている。

魔物の気配はない。

……こんな部屋は初めてだ、いったいどこなんだ？

安全を確かめるために私は部屋の端に歩いて行き、そして信じられない光景を目にした。

ここは塔の上だったらしい。

しかも遥か下に雲海が見え、そして上を見上げれば夜空が広がっている……？

どういうことだ、まっすぐ前を見れば昼間なのに、上を見ればもう夜だなんて。

そもそも、雲よりも遥かに高い場所にまで延びる塔って、そんなのが実在するのか？

そう思った時、階段を下りてくる足音が聞こえてきた。

獣の足音じゃない。明らかに靴を履《は》いている人の足音だ。

こんな場所に人が？

私は雪華の柄を握った。

警戒する私の目に最初に映ったのは、ドレスだった。

高そうなドレスだ。

そして、少しずつ降りてきて姿を見せたのは、紅色の髪の少女だった。

「ようこそいらっしゃいました。フローラのお孫さんですね」

不思議な声色だった。

女性の声というよりかは、まるで子供の——しかもアクリくらいの年齢の幼い声だった。しっかりとした口調なので、声質ほど幼さは感じないが。

フローラは私の祖母の名前だ。

でも、なぜ私がその孫だと気付いた？

「あなたが来るであろうことは、弟子から聞いています」

「弟子？」

私がここに来ることを予想できる者といえば、一人しか思い浮かばない。

バンダナだ。

だが、ここはあえて惚《とぼ》けてみるか。

そう思って口を開こうとしたところで、少女が口を開く。

「ええ、あなたにバンダナと名乗っていた彼女が私の弟子です」

心を読まれたっ⁉

いや、私の顔色から予想したのか？

「私のことをずいぶんと知っているようですが、自己紹介をしませんか？　私はユーリシア・エレメントと申します」

「ええ、存じ上げています。私のことは、大賢者とお呼びください」

「――っ⁉」

大賢者⁉

リーゼの母親の手紙にあった、あの大賢者っ⁉

いや、でもあの手紙は二十年も前のものだ。目の前の女性は、私たちとそう年齢がかわらないように見える。

そう思ったが、考えてみれば目の前の彼女が本当に人間かどうかもわからない。

ヴィトゥキントが作った複製人形だって、人間と変わらない見た目だったたし。

この女も、本当は人間じゃないのか？

「広義的にはあなたと同じ人間ですよ。ただ、少し違うだけです」

「どういうことだ？」

「詳しく話す前に、私はあなたに提案をしなくてはいけません」

提案？

ここに来て交渉か？

お金を払えくらいの話だったらまだ楽なんだけど、そう簡単な話とは思えない。

「なんだ？」

「私の弟子になりませんか？」

大賢者はたしかにそう言ったのだった。

◇◆◇◆◇

転移石が光ったかと思うと、そこからユーリシアさんが僕、クルトとリーゼさんの前に現れた。

よかった、本当によかった。

「ユーリシアさん！　なにがあったんですか、心配したんですよ」

「そうですわ。約束の時間を一時間以上も過ぎているのですわよ」

ユーリシアさんが転移して、すでに一時間半くらい経過している。

十分経過したら帰るように言われていたけれど、僕たちは帰ることができず、結局いままで待ち続けてしまっていた。

「一時間以上も――そうか、そんなに時間が経っていたのか。まったく、十分経過したら帰るように伝えていたのに……ありがとうな」

「なにがあったんですの？」

リーゼさんが尋ねた。

「すぐに戻りたかったんだが、いろいろと事情があってな。向こう側は今は安全だよ……まさかあんな話をされた後に、また別の場所に飛ばされるなんてな」

ん？　後半が小声すぎて、なんて言ってたかわからないや。

「いったいどこに繋がっていたんですか？」

僕が尋ねると、ユーリシアさんはこの国の地図を広げた。

「今繋がっている詳しい場所は、この地図で言うと、このあたりになる」

そこは地図から大きく外れた西側にあった。

「それって、魔領ということですかっ!?　敵地の真ん中ではありませんか。安全なはずが――」

「待てって。にわかには信じられないが、魔領の中に、人間の自治が認められた村があったんだ」

「魔領に人間の村ですかっ!?」

そう言って目を丸くするリーゼさん。

魔領というのは僕もよくわからないけれど、魔物がとても多い場所らしい。

たしかにそんな場所に人間の村があるのは不思議だ。

「私も最初は信用できなかったし、相手も私のことを警戒してたんだが、偶然にも見知った顔の奴がいてな。間を取り持ってくれた」

「それって誰ですか？」

「それはだな――」

「ヒルデガルドちゃん！」

転移した先の村にいたのは、幼馴染のヒルデガルドちゃんだった。

ヒルデガルドちゃんだけでなく、ソルフレアさんも一緒だ。

「久しぶり、というほどでもないわね。本当は私の方から出向く予定だったのだけど、事情があってこの村に留まることになったのよ。そっちから来てくれて助かったわ」

そんな彼女をじっと見つめて、リーゼさんが問いかける。

「どういうことですか？　ここは人間の自治する村なんでしょう。なぜあなたがいるのですか？」

「それは私の家で説明致しましょう」

そう言って現れたのは、赤い髪の五十歳くらいの男の人だった。

あれ？　この人、誰かに似ているような気がする。

ううん、この人だけじゃない。

この村もどこかで見た覚えがあるような。

男の人だけじゃない、どこからともなくこの村の人々が集まってきて、僕たちに頭を垂れる。

「ようこそお越しくださいました、クルト様。我々はあなた様の来訪をずっと待ち望んでおりました」

「え？　僕が来るのを？」

どういうことかわからない。

「この里の族長をしているルゴルと申します。家はこの先にあります。どうぞお越しください、詳しい話はそこで致しましょう」

僕たちはルゴルさんに付いて、村の奥にある大きな家に入った。

少し古いけれど、よく手入れされている家だった。

「すみません、まずは情報を共有したいので、ユーリさん——彼女に話したことを全て教えてくださいませんか」

リーゼさんがそう言った。

「もちろんです。まず、ここは魔領の中心部にある剣聖の里と呼ばれている場所です。アーサーという名前はご存知でしょうか？」

アーサーさん？

それって、ハスト村で剣術を教えてくれた旅の冒険者の——

「英雄王ですわよね。聖剣を使い、魔竜を倒して竜に支配されていた領域を解放、帝国を一代で築いたグルマク帝国の初代皇帝です」

「ええ、その通りです」

あ、僕が知っているアーサーさんと別人だった。

少し恥ずかしい。

「では、アーサーの最期はご存知でしょうか？」

「たしか、息子に帝位を託した後、若くして仲間とともに行方知れずになったと……まさか――」

「ええ、ここはそのアーサーと仲間たちが、千年以上も前に築いた里なのです」

「……驚きました。それが真実であるのならあなたたちは皇族の血筋に連なる者ということになるのですわね」

「そのような立派なものではありません。我々はこの里でこの場所を守る使命があるのですから。にもかかわらず、あのバカ息子は――」

なんだかルゴルさんが怒っている。

息子さんと喧嘩でもしているのかな？

「おっと、失礼しました。話を続けましょう」

ルゴルさんは恥ずかしくなったのか一度咳払《せきばら》いをして告げた。

「そういうわけでして、我々は魔物や魔族からこの地を守ってきたのです。しかし、この里ができて千年、これまでの歴史にない危機が訪れようとしているのです」

「危機？」

僕が首を傾げると、

「魔王が攻めてくるのよ。魔神王――魔王の中でも一番力を持っている奴が勢力を整え、この地を攻め滅ぼすためにね。魔王同士の話し合い――ヴァルプルギスナハトで正式に承認されたの。それを聞いて、私は慌ててこの村に来て、事情を説明していたってわけ。私は魔族ではあるけれど、この里とは中立的な立場にあるから」

「え？　ヒルデガルドちゃんが魔族？」

「そうよ。クルト、有角種は今は魔族って呼ばれているの。知らなかったの？」

全然知らなかった。

魔族というのは悪い人だって聞いていたから、ヒルデガルドちゃんと全然結びつかなかった。

「ちなみに、ヴァルキルプスナハトでこの村への侵攻に唯一反対した魔王、老帝が私よ」

それを聞いたリーゼさんが目を丸くする。

「お待ちください。老帝というのはその名の通り最古の魔王と呼ばれています！　それこそ千年以上前から生き続けているという話で――」

「ええ。細かい年齢は覚えていないけど、もう千二百年は生きているわ」

「「え？」」

僕とリーゼさんが同時に声を上げた。

意味がわからなかった。

ヒルデガルドちゃんが千二百歳？

「クルト、ちょっとついてきなさい」

ヒルデガルドちゃんは混乱する僕の手を引き、家の外に出た。

「あなた、よくこの里を見なさい。大分変わってしまったけど、あの池、あの丘、あの山、見覚えがあるはずよ」

「え？　見覚えって、僕はこの村に来るのは初めて……」

そこまで言って、僕は言葉を失った。

それは、村に来てからずっと抱いていた違和感だった。

いや、既視感と言った方がいいだろう。

初めて来たはずなのに、昔訪れたようなそんな感じだ。

だが、こうしてゆっくり見ると、既視感どころか確実に記憶にある風景が広がっていた。

「これって……もしかして……」

あの山ではよく、鉱物を掘るおじさんのお手伝いをした。

あの池では釣りをした。

あの丘で、大怪我したヒルデガルドちゃんに薬を処方した……子供の頃は大きな山だと思っていたのに、こんな丘だったんだ。

「クルト、気付いたようね」

「うん、間違いない。ここは――この場所は、シーン山脈に引っ越す前に住んでいた、ヒルデガルドちゃんと出会ったハスト村だよ！」

僕は気付いた時にはそう叫んでいた。

「でも、僕が知っているハスト村とは全然違う」

「それはそうよ。だって、クルトが村を出て、もう千二百年以上経っているんだから」

え？

僕が旅立って千二百年？

「それってどういうこと、ヒルデガルドちゃん」

「私が聞きたいのはそこよ。たしかにハスト村は千二百年前にここからシーン山脈に引っ越し、その後村ごと謎の失踪《しっそう》を遂げた。私はもう二度とクルトに会えないと思っていた。なのに、最近になってクルトは私の前に姿を現したの。千二百年ぶりに」

僕たちの後ろを付いてきていたリーゼさんが、恐る恐る聞いてくる。

「クルト様、時間の感覚とかは普通ですわよね？　一年が何日かわかっていらっしゃいますか？」

「もちろんです。だいたいですが、三百六十五・二四二二一九九日です」

「普通は小数点以下まで計算しないと思うぞ」

その隣にいたユーリシアさんが言う。

でも、僕はそれどころじゃない。

僕の中には、約四十四万日も過ごした記憶はない。

それに、なにより——

「ハスト村のみんなが失踪ってどういうことなの、ヒルデガルドちゃん」

「どうもこうも、私がシーン山脈を、いいえ、世界中を調べてもどこにもハスト村はなかったの」

「そんな――」

絶句する僕に、リーゼさんが言葉を添える。

「クルト様が千二百年前のお方だというのは信じられませんが、ハスト村が見つからないというのは事実だと思います。ミミコ様が調査をなさったそうですが、周辺の村に聞き込みをしても実際に山を調べても、ハスト村は見つからなかったそうです」

それってどういうこと？

そんな僕の疑問に答えるように、ヒルデガルドちゃんが口を開いた。

「それを調べに行くの。ここから過去に意識を送って」

「意識を送る？　そんなことができるの？」

「ええ。たぶん、この場所で、あなたたちが娘と言っている時の大精霊は作られたの。その大精霊の力は未来への移動。転移能力はあくまでもその副産物に過ぎない。私はクルトが千二百年も未来に現れた理由は時の大精霊の悪戯《いたずら》だと思っているわ」

「アクリの？」

「ええ。そして、その未来に移動する力を持った大精霊が生まれた反動で、過去に向かう魔力の流れが存在するの。それを使って一時的に意識を過去に飛ばし、時の大精霊が生み出された原因を探り出す。そうすれば、クルトが未来に来た原因がわかるかもしれないし、ハスト村がなくなった原因がわかるかもしれない」

「私が聞いたのはここまでだ。事情を聞き終えて、私はクルトとリーゼを呼びに戻った」

ユーリシアさんが補足するように言うけど、にわかには信じられないことばかりだった。

でも、話を聞いてわかったことがある。

アーサーさん、僕に剣術を教えてくれたあの人は、グルマク帝国の初代皇帝となったあと、この場所で亡くなっているんだ。

凄い歴史を感じるな。

僕たちは改めて、村長さんの家に入った。

思えば、ここには元々集会場があったんだった。

成人した大人の集まりが行われる場所で、結局僕がここに入ったことは一度もなかったんだっけ。

「じゃあ、本当にヒルデガルドちゃんは千二百年も生きていたの？」

「そうよ。クルトの作った薬のお陰でね」

「…………ごめん」

「皮肉じゃないわよ。ちょっとむかついた時もあったけれど、不老になれたのには感謝しているわ。勘違いしてもらったら困るんだけど、不老ってだけで、死のうと思ったら簡単に死ねるのよ、この体。まぁ、他の魔族よりは多少は丈夫になったけれど。だから、私が死ななかったのは私の意思」

「そうなの？」

「ええ、そうよ。これでも魔王という立場になったわけだし、責任とかいろいろあるのよ。別に生きていればクルトにもう一度会えるかも——なんて期待していたわけじゃないのよ」

うん、生きているかどうかもわからなかった僕なんかのために千二百年も生きていられるわけない。それは言われなくてもわかっている。

そっか、ヒルデガルドちゃんは責任感が強いんだ。

僕だったら……アクリは精霊らしいからずっと生きていられるかもしれないけれど、親しくなった人たち——ゴルノヴァさん、マーレフィスさん、バンダナさん、シーナさん、カンスさん、ダンゾウさん、それにユーリシアさんやリーゼさんたちが死んでいって、一人だけ残されるなんて耐えられないよ。

「ツンデレだ」

「ツンデレですわね」

隣でユーリシアさんとリーゼさんがなにか呟いたけど、ヒルデガルドちゃんのことを考えていたせいで聞き逃した。

「攻めてくるのは魔神王の軍勢だけなのですか？　話し合いで可決されたということは、他の魔王も攻めてくるのでしょうか？」

リーゼさんが尋ねた。たしかに、魔神王だけでも大変なのに、他の魔王が来るとなると、大変どころでは済まされない。

「そうね。具体的に、ヴァルプルギスナハトでどんな話し合いがされたか教えるわ」

ヒルデガルドちゃんはそう言って、話を始めた。

魔王同士の話し合いを。

◇◆◇◆◇

私――ヒルデガルドと獣王が顔を合わせてしばらくすると、大会議室に一人の男が入ってきた。

頭に二本の角を生やし、黒い竜の尾を持つ、黒い髪の大男。

竜人族と呼ばれる数少ない種族であり、魔領にいる全てのドラゴンを束ねる長、魔竜皇だ。私や獣王と違い、個としての名前はない。竜人族には名前を付ける習慣はないからだ。

そのため、魔竜皇が称号であり、そして名前の代わりでもある。

「久しいな、魔竜皇」

「獣王と老帝か……」

魔竜皇は私たちを一瞥《いちべつ》すると、何も言わずに席につき、目を閉じた。

なにを考えているかは相変わらずわからない。

そして、沈黙が訪れた。

私たちは友達というわけではないが、別にそれでいい。

しばらくすると、最後の魔族が現れた。

だが、それは魔神王ではない。

「おやおや、皆様お集まりのようで。ようこそおいでくださいました。今回、ヴァルプルギスナハトの開催を申請しました我が主、魔神王の代理を務めさせていただきます、《演出家《ディレクター》》と申します。以後お見知りおきを」

目も口も鼻もない、真っ黒いのっぺらぼうのその男は、被っていた帽子を外して優雅に頭を下げた。

「おい、人を呼びつけておいて本人は来ないのか」

「いつものことよ。魔神王が来ないのは」

獣王が怒鳴りつけるが、私は最初からこうなるだろうと思っていたので特に怒りもしない。

それより、早く話を終わらせてほしかった。

「しかし、ここはなんとも殺風景《さっぷうけい》な部屋でございますね。これは私からの手土産でございます」

《演出家《ディレクター》》はそう言うと、指を鳴らした。

途端、テーブルの上に硝子の花瓶《かびん》が現れ、そこに生《い》けられた豪華な花が現れた。

この場に花なんて、一番似つかわしくない物を用意して何を考えているのか。

それを見て、獣王は怒りを再燃させる。

「我輩はお前のような小物の手品を見るために来たわけではないのだぞ」

「おや、獣王様にはお花はお気に召さないようで……なら飲み物の用意を――」

「いらんっ！」

獣王がさらに大きな声で怒鳴りつけたが――

「紅茶をいただける？」

「水を」

私と魔竜皇はそう言った。

《演出家《ディレクター》》が指をパチンと鳴らすと、私の目の前に紅茶の注がれたティーカップ、魔竜皇の前にはワイングラスに入った水が現れた。

「老帝、なにを考えている」

「落ち着きなさい。ヴァルプルギスナハトの場で交わされた言葉は絶対。私たちがこんなくだらない集まりに代理を使わず本人が訪れるのは、その責任を果たせるのが自分たちしかいないのをわかっているからよ。だというのに、激昂して口を滑らせては本末転倒。だから落ち着きなさいって言っているの」

「さすがは老帝と呼ばれるだけのことはある。しかし、お飲み物がお気に召さないとなると食事を用意しましょうか？　素晴らしい水鳥の肉が――」

「いらんと言っている！　魔神王の狙いはどうせ人領への侵攻だろう！　そんなもの好きにすればいい！」

「その通りです。私の主である魔神王様は、剣聖の里への侵攻を望まれていらっしゃいます」

飄々と言う《演出家《ディレクター》》を、私は睨みつける。

「ダメよっ！　あそこは不可侵の領域、それが太古の時代からの暗黙のルールだったはずよ」

「ルール？　はて、そのような記録はどこにあるのでしょうか？　少なくともヴァルプルギスナハトで決まった条文の中にはございませんな」

「何を考えているっ！」

私は角に魔力を貯めて《演出家《ディレクター》》を睨みつけた。

「おや、激昂なさっては口を滑らせかねませんよ、老帝。それで、魔竜皇様はどうなさいますか？」

《演出家《ディレクター》》は私の言葉に答えず、魔竜皇に尋ねた。

「儂《わし》は興味がない。棄権《きけん》とする」

「では、今回は可決ということでよろしいですね」

「待ちなさい！　私は反対よ！　そして獣王も――」

「それはできません。獣王は人領への開戦だったら好きにしてもいいと仰いました。獣王様の票は私の好きにさせていただきます」

「貴様、このために我輩を挑発したのか」

獣王がいまにも飛び掛かりそうな雰囲気で《演出家《ディレクター》》を睨みつける。

だが、ここで獣王が飛び掛かれば、ヴァルプルギスナハトの不戦のルールを破ることになり、獣王の魔王の座が剥奪されかねない。

そうなれば、もうヴァルプルギスナハトそのものが役割を果たせなくなるだろう。

「いやはや、獣王様はリアクションが豊かで、私も演出のしがいがあるというものです。老帝様が断れば、老帝様に貸しのあるあなた様も断ると思って心配しておりました。それではこれで、今回の議題は――」

獣王が動いたが、それと同時に私が発言をする。

「待ちなさい！」

獣王の動きが止まった。

そして、私はある議題を提起した。

◇◆◇◆◇

「とまぁこんな感じで、獣王と魔竜皇は中立を明言したの。だから攻めてくるのは魔神王の軍勢だけよ。わかった、クルト？」

要約すると、ヒルデガルドちゃんが話したのは、他の魔王が参戦しないということだけだった。

「私もそこまでは聞いていなかったな。それで、その魔神王がここを攻めてくるのはいつのことなんだ？」

ユーリシアさんがヒルデガルドちゃんに尋ねた。

「魔神王の領域周辺を部下に見張らせているわ。今のところ報告がないから、魔神王の領域からここまで行軍するとなると、最低でも三週間以上は猶予《ゆうよ》があるとみていいわ。安心しなさい。ただし、ここが魔神王に占領されたら、少しだけ厄介なことになる」

「厄介なこと？」

「この村の転移石、どこに繋がっているかはわかっているわよね」

「あのラピタル文明の遺跡か」

ユーリシアさんの答えに、それが何を意味するのか、僕も考えてみた。

……もしも魔族のほとんどがヒルデガルドちゃんと違って悪い人の集まりで、魔族以外の人たちに戦争を仕掛けようとしてきたら。

リーゼさんも僕と同じように考えたのだろう、思ったことを口にした。

「魔族が人領に大規模行軍ができなかったのは、ホムーロス王国の西部にはエルフも住んでいる大森林が、その南にあるトルシェンの西には大砂漠が、さらに砂漠と森の西側には死の谷と呼ばれる場所があるためです。船で北から迂回《うかい》しようにも、コスキートの西の海は波が荒く、とても進めるものではありませんから。しかし、ラピタル文明の遺跡に転移されたら、その障害を一気に飛び越えることができてしまいます」

「転移石を破壊できないのか？」

ユーリシアさんが尋ねると、ルゴルさんは首を横に振った。

「残念ながら。魔神王の軍勢がここに来ると決まった時、転移石の撤去を決めましたが、とても頑《がん》丈《じょう》で――」

「さすがはラピタル文明の遺産ということか」

「向こう側の遺跡を破壊してしまうというのはどうでしょう？　もしくは土砂を流し込んで埋めてしまうのは？」

リーゼさんが提案したが、ルゴルさんはそれも首を横に振った。

「この転移石は安全のために、転移先になにかあった時、一定の空間を確保させるための機能が整っています。たとえ向こう側の転移結晶を外し、土で埋めたとしても、その土を海の中に転移させるようになっているそうです」

「古代人の親切設計が仇《あだ》になっていますわね」

つまり、この村が占領されたら、遅かれ早かれ魔族がホムーロス王国に攻めてくることになるということか。

……あれ？

ラピタル文明って、古代人の文明ってことだよね？

なら、あの転移石は古代人が設置したってことになる。

でも、僕がこの村に住んでいた時、あんな転移石、村の真ん中になかったような気がするんだけど。

って、そんなどうでもいいことを考えている場合じゃなかった。

「あ、あの！　ここはリクト様に相談するというのはどうでしょうか？」

「リクト？」

「リクト様？」

ユーリシアさんとリーゼさんが、「なんでここでリクトの名前が出るんだろう？」という顔をしている。

僕、何か変なことを言ったかな？

「リクト様は、ホムーロス国王陛下の子供なんですよね？　リクト様から国王陛下に相談すれば、軍を動かして、ここの村を守ってもらえるかもしれません」

僕が提案すると、ユーリシアさんとリーゼさんは小声で何かを話し始めた。

「おい、リーゼ。リクトが国王の子供ってどういうことだよ」

「いったいなんのことだか……」

「またクルトの勘違い……いや、待て、そう言えばお前、ヒルデガルドが誘拐された時に『貴族の事件を解決するのは王族の務め』とかリクトに言わせてなかったか？」

「そ、そういえばそんなことがありましたわ！　リクト様は王族の庶子《しょし》だという設定にしていたのです。クルト様、そのことを覚えていらっしゃったのですね」

なんだろう、とても重要なことを話している気もするけど、あんまり聞こえないや。

いったいどうすれば？　と困惑していると、ルゴルさんが口を開いた。

「申し訳ありませんが、それはできないのです」

「え？」

「あの転移石の転移結晶は特別なものらしく、向こう側からこちら側に来る者が大賢者によって選定されているそうなので、誰でも使えるものではないのです」

「――っ！」

「大賢者ですか!?」

ユーリシアさんが苦虫を噛み潰したような表情になり、リーゼさんが驚きの声を上げた。

もしかして、大賢者を知らないのは僕だけなのかな？

恥ずかしいけれど、尋ねることにした。

「大賢者って誰なんですか？」

「大賢者とは、この世界を管理するお方です。天空に浮かぶ塔の上に住んでいると言われていて、私たちは会ったことがありません」

「会ったことがないのに実在するとわかるのですか？　何かコンタクトを取る手段は？」

「大賢者様には、お弟子様を名乗る方が世界中に何人もいらっしゃいます。皆様が今日、ここに来ることも、バンダナと名乗る大賢者様のお弟子様によって知らされていました。老帝殿がここで待っていたのも、クルト様たちがここに来ることを知っていたからなのです」

バンダナさんが、その大賢者様の弟子だったのか。

ということは、ヴィトゥキントさんの工房からオリジナルの転移結晶を取り戻そうとしていたのも、剣聖の里の危機、さらには国、世界の危機を僕たちに報せようとしてくれたからか。

「ちょっと待っていてくれ」

ユーリシアさんはそう言うと、何の用事があるのかしばらく席を外した。

そして、しばらくすると戻って来て、先ほどのように小さな声でリーゼさんに話し始めた。

「(多分、この爺さんが言っていることは正しい)」

「(なぜですか?)」

「(ファントムの気配が少なかったからな。カカロアがいたので事情を聞いた。転移できたのは、ユライルとカカロアの二人だけで、あと一緒にいた八人のファントムは転移できなかったそうだ)」

「(ユライルさんとカカロアさん……その二人が選ばれたというのは偶然ではないでしょうね)」

「(あぁ、どっちもクルトとは知り合いなんだろ? ランダムで選ばれているんじゃなくて、特定の条件で転移されているとみていいだろう)」

「(となると、人海戦術による防衛戦は不可能ということですわね)」

今回の二人の会話は長いなぁ、相変わらず何をしゃべってるかはよく聞こえないけど。

本当にいつも仲がよくて、ちょっと嫉妬しちゃいそうだよ。

「あの、それでは皆さんをこの里から避難させるというのはどうでしょうか?」

「それはできません、クルト様。我々は守護の一族。この地を守る義務があります。この村の始祖であるアーサー様は、この村で貰った聖剣エクスカリバーで何度も命を救われました。大賢者様の弟子であられたアーサー様は大賢者様に誓われたのです。ハスト村で受けた恩を返すために、我々は守護の一族となり、この地を、そしてハスト村の方々を命に代えても守り抜くと。その誓約は我々の祝福となり、力を授けられ、この地で生き抜くことができました。いまさら危ないからといって逃げ出すことはできません」

「ちょっと待ってください、聖剣エクスカリバーって、村の人たちが大晦日《おおみそか》の余興として、余ったオリハルコンの純度を百パーセントまで高めて、村の大人たちが酔った勢いでいろんな属性の魔力を込めただけの普通の剣だって、雑貨屋のおじさんが言っていました！　そんな面白武器をもらっただけで命を懸けて守るだなんて、いくらなんでも大袈裟すぎます」

僕はそう声を上げた。

「おい、リーゼ、なに耳を塞いでいるんだ。お前の御先祖様の伝説だろうが」

「聞かなかったことにしてください。初代皇帝が大賢者の弟子だったことはまだ理解できますが、帝国の伝承にも残っているあの聖剣エクスカリバーが宴会の余興で作られたなんて。そんなことは知らない方がみんな幸せなのです」

リーゼさんたちもコソコソ話ばかりしていないでみんなを説得してほしい。

だけどルゴルさんは、頑《がん》として首を縦に振らなかった。

「クルト様、わかってください。これは老帝殿から話を伺い、村人全員ですでに決めたことなのです。それに、老帝殿も一緒に戦っていただけるそうです。守護の一族である我々と魔王の力があれば、魔神王といえども簡単に我々を倒せないでしょう。それに、おそらく我々はこの里を出ることができません。大賢者様との誓約とはそういうものなのです」

その言葉に、僕は思わずヒルデガルドちゃんの方を見る。

「え、ヒルデガルドちゃんも……あ、もう千二百歳なんだから、ちゃん付けはやめたほうがいいのかな……ヒルデガルドさんも」

「ヒルデガルドちゃんでいいわよ。いまさらクルトに他人行儀《たにんぎょうぎ》で言われたら気持ち悪いもの」

「ありがとう。でも、ヒルデガルドちゃんも戦うの？」

「もちろんよ。ここは私の領地からも近いし、なによりクルトとの思い出の場所……は関係ないけど、魔神王には恨みもあるのよ」

「ヒルデガルドちゃん、僕との思い出の場所だから戦ってくれるの？」

「だから違うって言ってるでしょ！」

ヒルデガルドちゃんが顔を真っ赤にして怒った。

「それより、早く過去に行きましょ。時の大精霊はどこ？」

え？

僕、ユーリシアさん、リーゼさんは顔を見合わせ、そして告げた。

「「連れてきてない！」」

「なんで連れてきてないのよっ！」

ヒルデガルドちゃんの怒声が剣聖の里に響いたのだった。


ということで、その日は僕たちは一度工房に戻り、翌日改めて、アクリ、ミミコさん、オフィリア様、ミシェルさん、マーレフィスさん、シーナさん、カンスさん、ダンゾウさんの八人を加えて、剣聖の里に行くため、ヴァルハ西の遺跡にやってきた。

さらに今回はオフィリア様やミミコさんがいるので護衛として、普段はリクルトやヴァルハを守っている騎士様たちも一緒だ。

「しかし、工房主《アトリエマイスター》に宮廷魔術師、凄い数ですね、隊長」

「私語を慎《つつし》め。それと今はお前も隊長だろうが、ジェネリク」

今はリクルトの町で騎士隊長をしているジェネリク様が、ヴァルハの町で騎士隊長をしているアルレイド様に怒られていた。

「いやだなぁ、俺は隊長といっても臨時で、もうすぐ任期も終わりです。それが終わったら晴れて隊長の下に戻るんですから、隊長でもいいじゃないですか」

「お前がいなくて静かだったのにな」

二人はとても元気そうだ。

それに引き換え、さっきからミシェルさんの視線が痛い。

「ミ、ミシェルさん」

「……クルトさん、私のこと忘れていましたよね」

「え……ええと。ごめんなさい」

ヴィトゥキントさんの工房での事件が終わったことをミシェルさんに報せるのをすっかり忘れていたんだよね。

そのせいで僕たちがヴァルハに戻った頃、ミシェルさんは温泉街に戻って途方に暮れてしまったらしい。さらに事件が終わったことをミミコさんが先にオフィリア様に報せたそうで、報告が遅いとオフィリア様からも怒られたそうだ。

「まったく、なんで私まで同行しなくてはいけないのでしょうか」

「仕方ないでしょ、あなたを一人で残しておくと何をしでかすかわからないんだから」

「そういうことよ。これも贖罪《しょくざい》だと思って諦めなさい」

マーレフィスさんはミミコさんとオフィリア様に挟まれて不満そうな顔をしていた。

「しかし魔領の中にある人が治める里か。どんな場所か気になるな」

「某《それがし》はあの英雄王の子孫の里という方が気になるでござる。手合わせを願いたい」

「私はクルトが昔住んでいた村だってところが気になるな」

カンスさん、ダンゾウさん、シーナさんはどこか楽しそうにしている。

これだけの大人数での移動は本当に珍しい。

ユーリシアさんが言うには、いざという時のために転移できる人間とそうでない人間の区別をしておきたいそうだ。

「クルト様、私がいるのもお忘れなく」

そう言ったのは、僕の胸ポケットにいるドリアードの分体であるニーチェさんだ。小さな枝に寄り添う形でいる。

普段は人と同じ大きさをしている彼女だが、今日はその枝を切り離し、僕の胸ポケットに入ってついてきた。

もちろん忘れていない。

ニーチェさんの枝を剣聖の里に接ぎ木して、成長させる。

そうすることで、剣聖の里のニーチェさんと工房のニーチェさんとの間に繋がりができ、工房にいながら剣聖の里の様子をわかるようになるからだ。

「ここに来るのも久しぶりだな」

かつて、ユーリシアさんと一緒にここに来たアルレイドさんが、感慨深げに言った。

そして、僕たちはまっすぐ地下にある転移石に向かった。

「これより転移を行う。転移は誰にでもできるものではない。転移できなかったものはこの場に待機するように」

アルレイドさんの言葉に、騎士様たちが敬礼をして返事をする。

普段はお調子者のジェネリク様も、この時ばかりは真剣な表情だ。

「では、僕たちから行きますね」

僕はそう言って、転移石に触れ、剣聖の里に戻ってきた。

すぐにみんなもついてくる。

「整列っ！　点呼開始！」

アルレイドさんの指示により点呼が行われていくが、その数は先ほどの半数にも満たない。

「よし、ユイビッヒの奴がいやがらねぇ」

ジェネリク様が周囲を見て、ユイビッヒという名前の騎士様がいないことを確認して喜んでいたけどどうしたんだろう？

「――ジェネリク、ユイビッヒがいないとどうして嬉しいのだ？」

「あ、いや」

「……さては貴様、転移できるかどうかで賭《か》けをしていたな」

ジェネリク様はアルレイド様に叱《しか》りつけられていた。

後で反省文を三十枚書かされるそうだ。

そんな仲のいい二人のやり取りを聞きつつ、他の人を見る。

アクリも胸ポケットのニーチェさんもちゃんといる。

ダンゾウさんもカンスさんもシーナさんもミミコさんもオフィリア様もマーレフィスさんもいるようだ。

よかった、これで騎士様以外は全員——

「ねぇ、パパ。一人たりないの」

アクリがそんなことを言い出した。

え？　でもみんな揃って……と僕は言いかけて、アクリの言う通り一人足りないことに気付いた。

「あ、オフィリア様。ミシェルさんが見当たりません」

「……ええ、あの子は大賢者に弾かれたようね」

うわぁ……ミシェルさんだけ置き去りか。

ミシェルさんが騎士様たちに囲まれて泣きながら待っている絵が容易に想像できた。

あとでいっぱい愚痴《ぐち》を聞かされるんだろうな。

「はーい、皆様、お疲れ様でした。剣聖の里にようこそお越しくださいました、士爵御一行様！」

そう言って現れたのはヒルデガルドちゃんでもルゴルさんでもなく——

「チッチさんっ!?」

一緒に諸島都市連盟コスキートに行ったチッチさん、そして無言で横に立つソルフレアさんだった。

ソルフレアさんは前もいたから、ここにいるのはわかるけれど。

「なんでチッチさんがこんなところにいるんですか？」

転移装置の場所は公にはなっていないはずだし。

そもそもコスキートから大きく離れている。

「いえいえ、実は私、ヒルデガルド様のただの友達じゃなくて、部下なんですよ、士爵様」

「そうだったんですかっ⁉」

「あはは、そうなんですよー」

「結構な大所帯ね」

僕がチッチさんと話していると、呆れた様子でヒルデガルドちゃんがやってきた。

「クルト、やっと来たのね。間に合わないかと思ったわ。ユーリシア、それとリーゼ、アクリ、あなたたち四人で来て」

僕たちは頷き、みんなを残してヒルデガルドちゃんについていった。

村の中央には魔法陣のようなものが描かれている。

「クルト、これ、なんの魔法陣かわかる？」

「……見たことがあるような気がするけれど、ごめん、わからない」

「いいえ、わからなくてよかったわ。私が五百年以上かけて描き上げた魔法陣だもの。そう簡単に解析されたら、さすがに落ち込むわ」

五百年――その途方もない年数には言葉も出ない。

いったいなんの魔法陣なんだろうと思ったけれど、でも、今日ここに来た理由を考えると何となく想像ができる。

これが——

「時を超える魔法陣ですね」

そう言ったのは、僕の胸ポケットから顔を出したニーチェさんだった。

「クルト、それは？」

「あ、ヒルデガルドちゃんは初めてだったっけ。ドリアードのニーチェさんです」

「ドリアード、あぁ、そういうこと」

ヒルデガルドちゃんはドリアードと言われただけで全部を察したようだ。

「つまり、クルトがまた変なことをしたってだけね」

「え？　どういうこと？　なんでユーリシアさんとリーゼさんは無言で頷くんですか!?　僕って何か変なことしていますか？」

その質問に、三人は露骨に目を逸らした。

僕が思わず問い詰めようとしたところで、遮るようにニーチェさんが声を上げる。

「この場所は村の中央のようですし、周囲を見るにはちょうどいいです。クルト様、そこの木を切り倒して、接ぎ木をお願いします」

「あ、はい、わかりました」

僕はアクリと一緒に木の側まで行くと、持っていた短剣を使い、樹齢何十年かの木を切り倒した。

「パパすごいの！」

「全然凄くないよ。今度アクリにも教えてあげるね」

やっぱり小さな子供って、大人なら誰でもできるようなことを凄いと思ってしまうんだよね。

「……あなたたち、クルトが短剣で大木を切り倒しても全然驚かないのね」

「いつものことですから」

「ああ、いつものことだ。ヒルデガルドこそ、全然驚いている様子はないぞ」

「クルトは子供の頃からあんな感じだったわ」

「あぁ、昔からあんな感じだったのか」

「さすがはクルト様です」

あれ？　振り返ると三人が仲良さそうに話していた。

ヒルデガルドちゃんは人見知りするタイプかと思ったけれど、女の子同士だとすぐに仲良くなるのかな？

とにかく、僕は胸ポケットの中にあるニーチェさんの枝を切り株に刺した。

次に鞄の中から、例の凄く重い土嚢の土を取り出し、接ぎ木をした切り株に撒く。

すると、接ぎ木はみるみる成長していき、切り株を包み込むような巨木になった。

「わぁい、おおきくなったの！」

「うん、ここは日当たりがいいからね。植物の成長も速いよ」

僕は大きくなったニーチェさんの樹を見上げた。

「本当にクルトといると飽きることがないわね」

「あぁ、いまなら地面から空に向かって雨が落ちていっても、見たままを受け入れられるよ」

「さすがはクルト様です」

ヒルデガルドちゃん、ユーリシアさん、リーゼさんがまた楽しそうにお話をしている中、成長した木の前に、元のサイズのニーチェさんが現れた。

「ありがとうございます、クルト様」

「無事に成長できたようでよかったです。どうですか？　工房の方の様子もわかりますか？」

「はい。工房は異常ありません」

「そうですか、それはよかったです」

僕はニーチェさんに、少し待ってもらうよう言って、ヒルデガルドちゃんたちのところに戻った。

ヒルデガルドちゃんは僕が戻ってきたのを確認すると、一つ頷いて口を開いた。

「いい報せと悪い報せがあるわ」

「悪い報せは想像ができるから、いい報せから教えてくれ」

ユーリシアさんの言葉に、ヒルデガルドちゃんが頷く。

「いい報せと言っても、大したことじゃないわ。過去に飛ぶための準備が整ったというだけ。これからクルトに魔力を流してもらい、時の大精霊であるその子の力を使って、私たちの意識だけを過去に飛ばす。さすがに体全部を持っていくほどの力はないからね。そこで、ハスト村の秘密を探り、ハスト村の消失の理由、大賢者についての情報、そして時の大精霊の誕生の謎を調査する」

僕はアクリを見た。

この子が生まれた理由が、僕の村にあるのだというのなら、この子が僕の前に現れたことにも意味があるのかもしれない。

それを調べないと。

「ヒルデガルドちゃん。それで悪い報せというのはやっぱり――」

「ええ、チッチから報告があったわ。魔神王の軍勢が動いた。その数三十万。到着は前にも言った通り三週間後」

「「――っ⁉」」

僕たちの間に衝撃が走り抜けた。

三十万という途方もない数字に、驚くことしかできなかったのだ。

「じゃあ、ルゴルさんが出迎えにいなかったのは」

「ええ、里の人たちが全員集まって、再度話し合いが行われているわ。クルトには関係のないことよ。ただ、もしかしたら子供だけでも逃がせないか相談しているのかも」

「大賢者との約定とかで村から出ることはできないんだろ？」

「数年前、一人だけいたそうよ。誓約を無視して里から転移して逃げ出した若者が。ルゴルさんの息子だって言ってたわ」

そうなんだ。

たしかに戦えない子供やお年寄りだけは逃がした方がいいかもしれない。

本音で言えば、全員に逃げて欲しいんだけど。

「クルトたちには今のところ関係のない話よ。それより、準備をしなさい。過去に飛ばす準備を行うわ」

「おい、いきなりかよ！」

ユーリシアさんが声を上げた。

「時間がないの。決まった時間に転移させるには、決まった手順を踏むしかない。この時間を逃したら次に千二百年前に意識を飛ばすまでに、最低でも半年は時間が必要になる」

「……実験はしたのか？」

「当然、今回が初めてよ。怖気付《おじけづ》いた？」

今回が初めてか。

でも、ヒルデガルドちゃんが五百年もかけて作った魔法陣なんだ、失敗するわけがない。

「ヒルデガルドちゃん、僕はなにをすればいい？」

「クルトは魔法陣の中央で魔力を流して。時の大精霊はクルトと一緒にいて」

「わかった」

「パパといっしょにいるの」

僕は魔法陣の中央に立ち、足下に魔力を流す。

凄い、これまで感じたことがないくらい魔力が吸い取られていく。

僕は急いで、鞄から魔力を回復するための薬を取り出して一気に飲む。

すると次の瞬間、魔法陣が光り出した。

「過去に飛ぶ者は急いで魔法陣の中に入って！」

ヒルデガルドちゃんが叫んだ。

「ここまで来たらどこまでも付き合うぜ」

「ええ、クルト様の進む道が私の進む道だと前に申しましたものね」

ユーリシアさんとリーゼさんが僕の両サイドに座り、地面に触れる僕の手に添えた。

魔法陣の光はどんどん強くなっていき——

そして——


気付けば、光が収まっていた。

目の前にはニーチェさんがいる。

ということはここは過去のハスト村ではない、現代の剣聖の里だ。

失敗した？

そう思ってヒルデガルドちゃんを見ると、珍しく取り乱している。

「え？　どういうこと？　こんな反応のわけが――」

「ヒルデガルドちゃん、落ち着いて。もう一度……」

と、僕の身体から力が抜ける。

魔力の急激な消耗と急激な回復、さらに急激な消耗と繰り返したため、体がおかしくなったようだ。

寒い場所と暑い場所の行き来を繰り返すみたいなものだから。

「すみません、やっぱり僕の魔力が回復してから――」

僕はそう言って気付いた。

二人の姿が――ユーリシアさんとリーゼさんがどこにもいないことに。

「……パパ、ママたちだけいっちゃったの」

「いった……行ったっ⁉　どこにっ⁉」

「むかしのせかいに」

アクリの言葉を僕が正しく理解するまで、僅かの時間を要した。

そして、気付く。

「え？　意識だけ過去に飛ばすんじゃなかったのっ⁉」

「わからないわよ。こんなはずじゃないのに……いったいなんで」

「理由は二つあります」

混乱する僕たちに声をかけたのはニーチェさんだった。

「まず、クルト様とヒルデガルド様が過去に行けなかったのは、その時代に二人がすでにいるからです。同じ時代に二人の人間がいることはできません」

そうか、だからユーリシアさんとリーゼさんだけが転移したのか。

アクリはその力を使うだけで元々転移できなかったのだろう。

「じゃあ、意識だけじゃなく、体ごと過去に飛んだのは？」

「それは、土に注ぎ込まれたクルト様の魔力が強すぎて、魔法陣に多大な影響を及ぼしたのかと」

「……クルト、さっき撒いた土にどのくらい魔力を注いだの？」

「えっと、さっき魔法陣に注いだ魔力と同じくらい。とっても重いんだよ、あの土」

「やっぱりクルトのせいじゃない！　なに考えてるのよ！　そんな魔力を含んだ土を撒いたら影響が出るに決まってるじゃない！」

ヒルデガルドちゃんは思いっきり怒鳴って、疲れ果てたようにその場に倒れこんだ。

「ねぇ、ヒルデガルドちゃん」

「なに、バカクルト」

「魔王の話し合い、本当はあれだけじゃなかったよね」

僕の問いに、ヒルデガルドちゃんは黙った。

「……なんでクルトはこんな時だけ勘がいいのよ」

「教えてくれない？」

「教えない。どうでもいいことだから」

ヒルデガルドちゃんはそう言って、うつ伏せになって足をバタバタした。

◇◆◇◆◇

あの時、獣王が飛び掛かろうとした時、私——ヒルデガルドは声を上げた。

「待ちなさい！　私から緊急議題を提起するわ」

「緊急議題？　はて、なんでしょうか？」

すでに勝ちを確信した《演出家《ディレクター》》は余裕の口調で尋ねた。

「私の議題は、魔王の称号の剥奪議題よ。魔神王の魔王の称号の剥奪、それと私の称号の剥奪」

「そんな議題に何の意味があると？　魔竜皇が賛成するとは思えません」

たしかに、これだけだったら魔竜皇は賛成しないだろう。

彼は基本的に興味のないことには無関心だが、魔王という存在の重要性を理解している。

魔王が獣王と魔竜皇の二人だけになったら、魔族の秩序が崩壊することも。

「だから、もうひとつ条件を付けるの。私は剣聖の里につく。魔神王が剣聖の里を滅ぼすことができたら、私の魔王の称号を剥奪、そして魔神王が一年以内に剣聖の里を滅ぼしきれなかったら魔神王の称号を剥奪し、称号を剥奪された魔王は軍を解体。戦力を他の魔王に分散すること。ただし、これは私と魔神王の戦い、他の軍の援軍は認めない。今いる軍だけで戦う」

「本気でそのような議題が通るとでも」

《演出家《ディレクター》》が呆れるような口調で言った。

「面白い。我輩は賛成だ！　そうだ、この議題に反対するようなら、我輩は老帝につく」

「ふん、久方ぶりの面白い議題だ。儂も賛成に回るとしよう」

一番の難題と思われた魔竜皇が動いた。

「これであとはあなたの賛成だけよ、《演出家《ディレクター》》。あなたのような下っ端に、こんな重大な決断は下せないかしら？」

「……くっ！　ははははっ！　素晴らしい、素晴らしい演出です。この《演出家《ディレクター》》をも震撼《しんかん》させる演出、お見事です。いいでしょう。魔神王様の代理として、老帝様の案を受け入れましょう！」

こうして、ヴァルプルギスナハトは終わった。

クルトとの思い出の場所を守るために、こんな無茶なことをしているだなんて。

こんなこと、絶対にクルトに話せない。

私はそう思ったのだった。

エピローグ

気付けば、私――ユーリシアは、見知らぬ場所で眠っていた。

いったいなにが起こったんだ？

そして、隣にはリーゼもいる――が、しかし一緒にいたはずのクルトとアクリ、そしてヒルデガルドがいない。

「リーゼ、しっかりしろ」

私は隣で眠るリーゼの身体を揺すった。

そう、体だ。

意識だけを飛ばした場合、全員幽霊のような状態になるって言っていたのに、リーゼの身体の感触はしっかりとあるし、体も浮いていない。

「う……クルト様の香りがしない……ここはいったいどこですか？」

目を覚ますなりクルトがいないことに気付いたリーゼは私と同様、周囲を見回す。

おかしい、意識だけを飛ばし、過去を見るだけのはずだったのに、なぜか私たちは見知らぬ場所に転移してきた。

ヒルデガルドの魔法のミスか？

初めてだって言っていたが、ただの転移魔法になったんだろうか？

「どうやらここはどこかの村のようですわね」

「そのようだな」

リーゼは周囲を確認し、私と同じように、「魔法が失敗したのでしょうか？」と考察を始めた。

長閑《のどか》な村だ。

遠くから、小鳥の囀《さえず》る声が聞こえてくる。

しばらくそうして周囲を見回していると――

「おや、見ない顔だな。旅人さんかい？」

クワを持ったおじさんがそう声をかけてきた。

「え、ええ。失礼ですが、ここは何という国でしょうか？」

リーゼが尋ねると、おじさんは変な顔をした。

まぁ、自分がどの国にいるのかなんて質問、普通はしないよな。

「国？　いや、このあたりには国はねぇよ」

国じゃない？　というと、諸島連盟コスキートか？

いや、違う気がする。

このあたりで育っている植物は。もっと南方のものだ。

「ホムーロス王国、もしくはグルマク帝国という国はお知りでないでしょうか？」

なおもリーゼは質問をした。

「――聞いたことねぇな」

おじさんは腕を組んで考えた後、そう答えた。

ホムーロス王国もグルマク帝国も知らないとは、相当田舎《いなか》のようだ。

弱ったな。これだとクルトのいる場所に戻れない。

「そうだ、あとしばらくしたら行商人が来るんだ。その行商人なら、村の外のことにも詳しい。ほむーろすとか、ぐるまくって国も知っているかもしれないよ」

「本当ですか!?」

「それは助かる。ぜひ紹介してください」

まだ確定ではないが、希望が少しだけ見えてきた。

「待ってな、ここの土地を耕し終わったら、村を案内するから」

おじさんはそう言って、目の前の荒れ地を私たちに示す。

ここを耕すって、こんな広大な土地、耕し終わるのに何カ月かかるんだ？

というか、こんなところを耕してもろくな作物が育てられないだろ。

「あの、忙しいようでしたら、場所だけ教えていただければ――」

「なに、すぐ終わる」

おじさんはそう言うと、クワを振るった。

そこで私が見たのは信じられない光景だった。

結論だけ言うと、何カ月も時間が必要だと思われた広大な荒れ地の耕鋤《こうじょ》作業が、僅か一分で終わったということだ——普通にクワで耕しただけなのに。

「あ、あの、つかぬことをお伺いしますが、いま、なにをなさったのですか？　クワを一振りしただけで、半径数十メートルの土が掘り起こされたように思えましたが」

「ん？　あぁ、綺麗な服を着ていると思ったら、嬢ちゃん、畑を耕すところを見るのは初めてか。いいか？　地面には地脈というものが流れているんだ。そこにクワを叩きこむのと同時に魔力を流し込むと、地脈が吃驚《びっくり》して地面がふわっといい具合に盛り上がるんだ。農家の常識だぞ」

「そ……そうなのですか？」

リーゼが私に助けを求めるようにこちらを見てきたが、私は無言で首を横に振った。

そんな常識、聞いたことがない。

だが、常識外れの行動だからこそ、私は心当たりがあった。

私は改めて、周囲の光景を見る。

遠くに見える山と手前にある丘、近くにある池、どれも剣聖の里にあったものと同じだ。

「あの、この村の名前を聞いても大丈夫かい？」

「なんだ、お前さんたち、村の名前も知らずにここに来たのか。変わった旅人さんだな」

農家の人は笑って私たちに村の名前を告げた。

「ここはハスト村だよ」

……どうやら、過去に意識だけを飛ばすはずが、どういうわけか私とリーゼだけ、体ごと過去に飛ばされてしまったようだ。

まさか……本当に？

本当にあの大賢者の言う通りになりやがったっていうのか？

私は昨日、謎の塔の中で大賢者と交わした言葉を思い出す。

『私があんたの弟子に？　あんたのことも何も知らないのに急にそんなことを言われても、はいそうですか、と受け入れられるはずがないだろ？』

『いいえ、あなたは私の弟子になることがすでに決まっているのです。なぜなら、千二百年以上も前にすでにあなたは私の弟子となったのですから』

『全てはクルト・ロックハンス誕生のために』

◇◆◇◆◇

「前方一・三四キロメートルの地点にて、時空間の歪《ゆが》みを観測しました。どうやら時間遡行《そこう》が行われたようです」

メイド服という、大自然の中に似つかわしくない服装の桃色髪ゴーレムメイド——エレナたんが突然そのようなことを言い出した。

時の大精霊により、ユーリシアとリーゼロッテの両名が過去に飛んだ証拠だろう。

「じかんそこー？　エレナ、なんだそりゃ？」

「誰かが過去の時代に飛んだということです」

「人が過去に飛べるわけないだろうが」

もっとも、そんな事情を知らない赤い髪の男——ゴルノヴァには冗談としか思えないらしい。

そしてゴルノヴァが、その前方一・三四キロメートルとやらの地点を丘の上から眺めた。

「この俺様——ゴルノヴァ様の剣聖の里の御帰還だっ！」

そんな風に己の生まれ故郷を見下ろすゴルノヴァを見て、私は近くの木の上からほくそ笑む。

「これで役者が揃いましたよ、大賢者様」

私はバンダナを締め直し、その場から静かに去った。

いよいよ、私が表舞台に立つ時がやってきた。

英雄パーティの雑用係・クルトは、ある日「スライムも倒せない役立たずだから」とパーティを追い出されてしまう。測定の結果、戦闘の適性はゼロ。冒険者業は絶望的……。日銭を稼ぐため様々な仕事を手伝うが、そこで彼は採掘に料理に建築――あらゆる分野で人間業とは思えない驚異の才能を発揮する! 国の最高技術者、「工房主《アトリエマイスター》」にも匹敵するその才覚にまわりは圧倒されるが、肝心のクルト本人にはその自覚がなくて――!?

◎B6判　◎定価：本体680円＋税
◎ISBN978-4-434-28137-2

Webにて好評連載中!　アルファポリス 漫画　検索

ネットで話題沸騰！
アルファポリスWeb漫画
面白い漫画が毎日読める!!
アルファポリス COMICS
原作 柳内たくみ 漫画 竿尾悟
ゲート GATE 自衛隊 彼の地にて、斯く戦えり
原作 あずみ圭 漫画 木野コトラ
月が導く異世界道中
原作：秋川滝美
漫画：しわすだ
居酒屋ぼったくり
原作 右薙光介 漫画 ももしか藤子
1/27(水) 連載開始予定！
落ちこぼれ[☆1]魔法使いは、今日も無意識にチートを使う
原作 初昔 茶ノ介 漫画 五月紅葉
今冬 連載開始予定！
前世で辛い思いをしたので、神様が謝罪に来ました
原作 紅月シン 漫画 観月藍
最強Fランク冒険者の気ままな辺境生活？
人気連載陣
● THE NEW GATE
● 素材採取家の異世界旅行記
● 異世界ゆるり紀行 ～子育てしながら冒険者します～
● いずれ最強の錬金術師？
● 追い出された万能職に新しい人生が始まりました
● 勘違いの工房主
● 大自然の魔法師アシュト、廃れた領地でスローライフ
and more...
原作 椎名ほわほわ
漫画 六堂秀哉
とあるおっさんのVRMMO活動記
漫画：小早川ハルヨシ
Re:MONSTER リ・モンスター
選りすぐりのWeb漫画が無料で読み放題！
今すぐアクセス！ ▶ アルファポリス 漫画 検索
アルファポリスアプリ スマホでも漫画が読める！
App Store/Google play でダウンロード！

追い出された万能職に新しい人生が始まりました①～④
AUTHOR:
東堂大稀
第11回
アルファポリス
ファンタジー小説大賞
“大賞”
受賞作!
隠れた神業で皆の役に立ちまくり!
1～4巻
好評発売中!
コミックス
1～3巻!
好評発売中!
追い出された万能職に新しい人生が始まりました
東堂大稀
自分でも気付かない
隠れた神業で
皆の役に立ちまくり!
追い出された万能職に新しい人生が始まりました
東堂大稀
宇崎鷹丸
勇者パーティから
追放された見習いには
錬金術師の才能が
眠っていました。
『万能職』という名の雑用係をしていた冒険者ロア。常々無能扱いされていた彼は、所属パーティーの昇格に併せて追い出され、大好きな従魔とも引き離される。しかし、新たに雇われた先で錬金術師の才能を発揮し、人生を再スタート!　そんなある日、仕事で魔獣の森へ向かったロアは、そこで思わぬトラブルと遭遇することに——
◉各定価：本体1200円＋税
◉Illustration：らむ屋
◉各定価：本体680円＋税
◉漫画：宇崎鷹丸　B6判

この作品に対する皆様のご意見・ご感想をお待ちしております。

おハガキ・お手紙は以下の宛先にお送りください。

【宛先】

〒150-6008 東京都渋谷区恵比寿 4-20-3 恵比寿ｶﾞｰﾃﾞﾝﾌﾟﾚｲｽﾀﾜｰ 8F
（株）アルファポリス　書籍感想係

メールフォームでのご意見・ご感想は右のＱＲコードから、
あるいは以下のワードで検索をかけてください。

アルファポリス　書籍の感想　検索

ご感想はこちらから

本書は Web サイト「アルファポリス」（https://www.alphapolis.co.jp/）に投稿されたものを、改題・改稿のうえ、書籍化したものです。

勘違《かんちが》いの工房主《アトリエマイスター》6
～英雄《えいゆう》パーティの元雑用係《もとざつようがかり》が、実《じつ》は戦闘《せんとう》以《い》外《がい》がＳＳＳランクだったというよくある話《はなし》～

時野洋輔（ときのようすけ）

2021年 1月 31日初版発行

編集－村上達哉・篠木歩
編集長－太田鉄平
発行者－梶本雄介
発行所－株式会社アルファポリス
〒150-6008 東京都渋谷区恵比寿4-20-3 恵比寿ｶﾞｰﾃﾞﾝﾌﾟﾚｲｽﾀﾜｰ8F
TEL 03-6277-1601（営業） 03-6277-1602（編集）
URL https://www.alphapolis.co.jp/
発売元－株式会社星雲社（共同出版社・流通責任出版社）
〒112-0005 東京都文京区水道1-3-30
TEL 03-3868-3275
装丁・本文イラスト－ゾウノセ（http://zounose.jugem.jp/）
装丁デザイン－AFTERGLOW
印刷－中央精版印刷株式会社

価格はカバーに表示されてあります。

落丁乱丁の場合はアルファポリスまでご連絡ください。

送料は小社負担でお取り替えします。


ISBN978-4-434-28400-7 C0093